تائـه عبـر الزمن

Lost through time

الجزء الأول

Part One

سجن قارا

Qara Prison

رواية

تامر صحصاح

1444ه‍ -2022م

تائه عبر الزمن
الجزء الأول
سجن قارا
تامر صحصاح

رقم الإيداع/ 2022/27657م
ISBN: 978-977-6884-17-5
Draft2Digital ISBN: 9798227531292

بسم الله الرحمن الرحيم

(وَعِنْدَهُ مَفَاتِحُ الْغَيْبِ لَا يَعْلَمُهَا إِلَّا هُوَ وَيَعْلَمُ مَا فِي الْبَرِّ وَالْبَحْرِ وَمَا تَسْقُطُ مِنْ وَرَقَةٍ إِلَّا يَعْلَمُهَا وَلَا حَبَّةٍ فِي ظُلُمَاتِ الْأَرْضِ وَلَا رَطْبٍ وَلَا يَابِسٍ إِلَّا فِي كِتَابٍ مُبِينٍ 59)

سورة الأنعام

تنويــــه

الرواية عبارة عن فانتازيا خيالية بنيت على أحداث تاريخية.. ولا يمكن اعتبارها مرجعًا لأي وقائع تاريخية وإنما هي جميعها من وحي خيال المؤلف

مقدمة

على مر التاريخ لم يستطع أحد أن يفهم ما هو الزمن؟ فالأحداث والحروب والمجاعات والأوبئة جعلت الكثير من الناس يتساءلون عن الأسباب الحقيقية وراء ما يحدث..

هناك مَن حاول الوصول للأسباب بالبحث والتفكير، وهناك مَن تخيَّل الأسباب ومنهم مَن استصعب الأمر وفَكَر في العودة بالزمن للوراء وحاوَل اختراع آلات للسفر عبر الزمن لمعرفَة الدوافع والبحث عن أجوبة ومحاولة تغيير الواقع.. إلا أن ما حدث معي كان مختلفاً كل الاختلاف.

مرحبًا بكم في الجزء الأول من سلسلة

(تائه عبر الزمن)

الجزء الأول

«قارا»

الفصل الأول

الشتاء

كانت حياتي تسير بسيطة كحياة أي شخص، لها روتين عادي تسير عليه خاصة بعد أن كسرت حاجز الأربعين من عمري.

كنتُ استيقظ مبكرًا في السابعة صباحًا يوميًا حتى يوم عُطلَتي الأسبوعية بدون أي وسيلة مساعدة للاستيقاظ، والسبب وراء ذلك هو ساعة جسمي البيولوجية، فأنا على مدي أربعين عامًا استيقظ كل يوم مبكرًا، وأبدأ في روتيني اليومي المعتاد، أذهب لمطبخي الصغير وأعد كوبًا من القهوة أو الشاي، ثم أذهب للاستحمام والوضوء، ثم أصلي الصبح وأبدأ بارتداء ملابسي وأذهب للعمل.

أمارس عملي يوميًا.. كما فعلتُ على مدى خمسة وعشرين عامًا ـ فأنا أحب عملي كثيرًا وأقدسه ـ وعندما ينتهي العمل قرب منتصف الليل أودع زملائي ذاهبًا لمنزلي الصغير، وبعد الاستحمام ـ والتخلص من عناء اليوم الذي يتساقط من جسدي وعقلي مع قطرات الماء الدافئة ـ أبدأ حياتي الليلية الخاصة على مدى ساعتين كل ليلة، وأقصد هنا الكتابة، فأنا أعيش بمفردي في منزل صغير وذلك لظروف خاصة بي.

وعندما تدق الساعة الثانية بعد منتصف الليل أبدأ رحله رحلة الأحلام وأستقل حافلة النوم حتى الساعة السابعة، ثم أعيد في اليوم التالي نفس الروتين اليومي الذي لا يتغير أبدًا.

في يوم عطلتي أنهي كل ما كنت قد أجلته خلال الأسبوع، مثل زيارة طبيبي الخاص وصرف الأدوية، أو أذهب للسفارة المصرية بـ «ميلانو» لاستخراج شهادة أو عمل شيء هام أو أذهب للقاء صديق... إلخ.

تمُر أيامي على نفس المنوال صباحًا ومساءً صيفًا وشتاءً، حتى حدث لي شيء أقرب إلى المستحيل، لم أكن أتخيل مطلقًا أن يحدث لي.

ورغم أنني سمعت الكثير من القصص عن هذا الموضوع إلا أنني كنت على قناعة أنه مجرد خيال علمي ولا يمكن أن يكون حقيقة أبدًا..

مؤخرًا كنت أفكر كثيرًا في كَم المشاكل والصعوبات التي حدثت لي وغيرت مجرى حياتي، وكنت أتحدث مع عقلي مرارًا وتكرارًا، ما الذي كان سيحدث عندما وصلت أول مرة إلى إيطاليا وفتحتُ أول مطعم لي ولم أسرِف في مصروفاتي؟..

ماذا كان سيحدث لو ادخرتُ مبلغًا أكبر؟.. ماذا لو رجعت لهذا العام؟.. فهل يمكن أن يتغير شيء في المستقبل؟ ماذا لو كنتُ نائمًا وكل هذه الأحداث تحدث في حلم طويل واستيقظتُ لأجد نفسي في عام ٢٠٠٥؟.

أظن أنني لستُ الوحيد الذي يفكر أو يتمنى أن تكون أحداث حياته مجرد حلم صغير، ويستيقظ منه ليُغير الواقع، ولكن للأسف هذه هي الحقيقة، والواقع أننا لسنا جميعًا في حلم ولكننا في مدرسة الحياة الدنيا، ولابد أن تمر بنا هذه الأحداث. أحداث جميلة.. نضحك ونبتسم ونشعر بالنشوى حين نتذكرها، وأخرى أليمة.. نشعر بالحزن والحسرة وأحيانًا بالندم حين نتذكرها.

ظللت غارقًا في هذا التفكير قرابة شهر وكان شهر أكتوبر عام ٢٠٢٢م، وقد كان شهرًا غزير المطر قارس البرودة، لم يكن فصل الشتاء قد بدأ بعد ولكن الشتاء جاء مبكرًا هذا العام، وكنت في العمل في أول أيام شهر نوفمبر كالعادة، وكان الجو شديد البرودة والأمطار تهطل بغزارة منذ خمس ساعات، والسماء تكاد تنفجر من البرق والرعد، حتى شعرنا جميعًا وكأن حربًا قد قامت، وكأن ما يحدث في السماء هو انفجارات صواريخ وقذائف طائرات حربية، ولكن الحقيقة أنه البرق والرعد وكان أشد ما رأيت في حياتي رعبًا.

انتهى يومي و بدأت في التجهز للعودة إلى منزلي ـ وكان منزلي يبعد عن عملي مسافة مئة متر فقط ـ وكنتُ أسير على قدمي كل يوم من المنزل للعمل ومن العمل للمنزل، ولسوء حظي ـ أو لحسنه لا أدري ـ لم أحضر مظلتي في هذا اليوم لأن اليوم كان قد بدأ بدايةً مشمسةً جميلة، ولم أكن أظن أن الجو يمكن أن يتغير في لحظة، خاصة أن الأجواء اليومية لم تكن توحي بذلك.

خرجتُ من عملي أسير تحت المطر الغزير وأنا أرتدي الجاكيت الشتوي ذو غطاء الرأس الواقي من المطر، كنت أسير بخطوات ثابتة كالعادة، لم أفكر حتى في الهرولة أو الجري، حتى خطرت لي فكرة أثناء سيري، فقد سمعت كثيرًا أن الدعاء ساعة المطر مستجاب، ولكني لم أكن متأكدًا من صحة هذا الكلام، ولكن شيئًا ما بداخلي أمرني أن أنظر إلى السماء وأدعو، حتى يخفف الله ما بداخلي من صراعات.

وهنا بدأت قصتي مع المتاهة الزمنية، فحينما نظرتُ للسماء وبدأت أدعو حدث برقٌ شديد، لدرجة أن السماء كلها كانت مضيئة وكأن الشمس في ذروتها وقت الظهيرة، أمعنتُ النظر في البرق حتى أنني لم أستطع أن أرى شيئًا فأغمضت عيناي لدقيقة، وبعدها فتحتهما مرة أخرى وأكملتُ طريقي تحت المطر حتى صعدت لشقتي التي كانت الطابق الثالث.

عند وصولي للشقة وحين وضعت المفتاح في الباب.. لم يفتح، فظللت أحاول مرارًا وتكرارًا ولكن دون جدوى حتى وقعت المفاجأة.

سمعت صوتًا من داخل منزلي يقول: من بالخارج؟

فقلت: من أنت؟ أنت داخل منزلي.. افتح الباب وإلا كسرته.

ظللننا نتجادل، هو من داخل المنزل وأنا من خارجه دون أن أفهم أي شيء، وكيف وصل هذا الرجل والسيدة التي معه داخل منزلي؟

ظللنا قرابة العشرين دقيقة حتى وجدتُ الشرطة خلفي مباشرة وهم يسألون عن الوضع، فشرحتُ لهم أنني أعمَل في المطعم القريب وأسكن هنا، ويوجد أشخاص بالداخل وأنا لا أعلم من هؤلاء، وفي تلك الأثناء فتح الرجل الباب، وقال: أنا من اتصل بكم، أنا أسكن هنا منذ عامين وأعمَل في المصنع أسفل المنزل، وهذه زوجتي، فهمَمتُ بالحديث مرة أخرى إلا إن ضابط الشرطة أوقفني عن الحديث طالبًا الأوراق الثبوتية لكلانا، وأخرجتُ أوراقي الثبوتية ـ وهي إقامتي في البلد ـ وأخبرته أيضًا أن جواز سفري بالداخل ـ فأنا قد حصلت على الجنسية الإيطالية ـ فأوقفني مرة أخرى ونظر إليَّ نظرة غريبة ثم نظر إلى الشخص الآخر وأعطاه أوراقه الثبوتية القديمة ـ فهذه الأوراق قد أوقفت الحكومة التعامل بها بعد استبدال الإقامة الورقية ببطاقات بلاستيكية ـ فكيف لهذا الرجل أن تكون أوراقه ورقية حتى الآن؟

طلب الشرطي من الرجل بالدخول للمنزل، واعتذر له وطلب مني أن أذهب معه وأن أريه مكان عملي فوافقته وذهبتُ معه.

عندما وصلنا لمكان عملي أمام المطعم وقفت حوالي خمسة دقائق ألتفتُ حولي يمينًا ويسارًا وأنظرُ للمحلات المجاورة، فقد كانت بعض المحلات موجودة تمامًا كما أعرفها، أما الباقي كانت مشاريع لنشاطات تجارية مختلفة تمامًا، والأغرب أني لم أجد المطعم، لم أجد سوى محل مهجور تعلو واجهته الزجاجية كمية من الغبار والأتربة توحي بأنه مغلق منذ شهور وربما سنوات.

نظر إليَّ الشرطي وأنا أنظر إليه متعجبًا وعلى وجهي ملامح الخوف والتعجُب والحيرة، وقال لي: من فضلك.. سنذهب لقسم الشرطة قليلًا لنتحدث قليلًا.

لم أستطع أن أرفض، فقد كنتُ أنا مَن يوَد أن يذهب معه من شدة الخوف.

ماذا يحدث؟ أنا لا أستطيع فهم أي شيء.

ذهبتُ معه إلى سيارة الشرطة، وتحركنا في اتجاه قسم الشرطة وأنا أنظر لكل شيء حولي من خلف زجاج سيارة الشرطة، إنه هو نفس الشارع، نعم.. ويوجد بعض المحال التجارية قد تَغيَر نشاطها، ولكن هل تغيَر هكذا في يومٍ وليلة؟!!!

أصابني صداعٌ شديد وألمٌ مفاجئ في رأسي من كثرة التفكير، ومن الأفكار المتضاربة المتسارعة، ماذا حدث؟
وماذا يحدث من حولي؟
والأهم من كل ذلك ماذا سيحدث الآن؟
لا أدرى.

الفصل الثاني

بـعد وصولنا لقسم الشرطة الذي لم يكن يبعد عن المكان إلا بضعة كيلو مترات قليلة، أدخلوني لغرفةٍ بسيطة أعرفها جيدًا ـ لأني قد شاهدتها كثيرًا حين كنتُ أتردد على القسم للإبلاغ عن فقدان شيء ما، فهي مثل غرفه الاستقبال، لا يوجد بها إلا عدد من الكراسي وبراد ماء فقط.

لم تمض سوى خمسة دقائق ثم دخل الغرفة شرطي آخر وطلب مني أن أذهب معه إن تكرمت ـ فإيطاليا ومعظم بلدان أوروبا لا يوجد بها عنصرية أو تكبُر أو تنمُر على أي إنسان، حتى رجال الشرطة يتحدثون دائمًا بأدب واحترام.

ذهبتُ معه لغرفة أخرى ـ يوجد بها طاوله وأربعة كراسي ـ وطلب مني الانتظار، وسألني إن كنتُ أريدُ شيئًا. فأجبته أنى أعلم أن التدخين ممنوع بالداخل ولكني أريد أن أدخن سيجارة، فإذا به قد أحضر لي كوبًا بلاستيكيًا به قليل من الماء وقال لي: تستطيع أن تُدخن في الغرفة وأشار لي باستخدام الكوب لأطفئ سيجارتي فيه بعد أن أنتهي، ثم سألني: هل تفضل الشاي أم القهوة؟ أعلم أنك مصري الأصل. ابتسمت له وطلبتُ كوبًا من الشاي الساخن إن أمكَن.

خرج من الغرفة وبعد دقيقة جاءني بكوب من الشاي الساخن، وقد كنتُ بالفعل أحتاج إلى ذلك الكوب لأن الجو كان باردًا جدًا.

أشعلت سيجارة وأنا أشرب الشاي الدافئ حتى دخل إلى الغرفة شرطيان وامرأة، جلسوا على الكراسي المقابلة حول الطاولة ثم وضعوا الأوراق الخاصة بي وسألوني من أين لك بتلك الأوراق وذلك الكارد؟ ـ كانت تقصد كارد الإقامة ـ فأجبتها بثبات: ما معنى سؤالك؟ وابتسمت ابتسامة سخرية لأنه سؤال ليس في محله.

أجابتني: عندما أسألك أرجو أن تجيب بدون أن تسأل..ولا أن تسخَر من أسئلتي، من أين لك بذلك الكارد؟

فأجبتها: من (الكوستورا) ـ وهو مكان حكومي يديره أفراد الشرطة لاستخراج الإقامات وجوازات السفر وتجديد الإقامات وأشياء من هذا القبيل ـ فسألت: أي (كوستورا)؟

فأجبتها (كوستورا) (الشينيزيللو) ـ وهو اسم مدينة صغيرة من مُدن ميلانو.

نظرَت إليَّ نظرةً طويلةً ثم قالت: هل معك أي أوراق ثبوتيه أخرى؟

قلت: نعم.

وأخرجتُ البطاقة الشخصية من جيبي، فتنفّسَت الصعداء حينما رأت البطاقة وقالت لي: أخيرًا وجدنا شيئًا نعرفه.

نظرت إليها باستغراب وقلت: ماذا؟! ما معنى شيئًا نعرفه؟!!!

نَظرَت إليَّ نظرة خاطفة ثم عادَت لتَتَمعَن البطاقة ونظرت للشرطي المجاور لها وقالت: البطاقة حقيقية وأصلية لكن.. انظر إلى التاريخ!!!

ثم عادَت وسألتني: هل أنت متأكد أن هذه البطاقة صدَرَت في ٢٠١٧؟؟

قلت: نعم، وباقي على انتهائها خمس سنوات أخرى، فما المشكلة؟!، من فضلك.. أنا صاحب الشقة وأنا لا أعرف مَن هؤلاء الذين بالداخل وأشعر أن شيئًا غريبًا يحدث الآن، وأنا أريد أن أعرف ماهي المشكلة؟؟

هذا سؤالي وأريد له إجابة.

فقالت: اسمع «تامر».. من حقك أن تعرف كل شيء، ولكن يجب أن تفهم أنك هنا لأن..... لا أدرى ماذا أقول؟

نظر إليَّ الشرطي الآخر وتحدث: أتدرى في أي عام نحن؟

قلت: ٢٠٢٢.

قال لي: بالطبع لا، وهذه هي المشكلة، كل أوراقك الثبوتية سليمة ولكنها غريبة، أولًا كارد الإقامة صادر في ٢٠٢١ وهذا مستحيل، ثانيًا وهو الأهم أن هذا الكارد لا وجود له، فالإقامة هنا عبارة عن ورقة وليست كارد، والأغرب من ذلك أن البطاقة الشخصية سليمة وأصلية لكنها صادرة في ٢٠١٧ وهذا مستحيل أيضًا.

ظَلَّ يتحدَث ويختِم كلامه بعد كل تاريخ بكلمة مستحيل، وأنا أنظر إليه ولا أفهم شيئاً، فسألت بنبرة غضب: هو إيه اللي مستحيل.. مستحيل.. مستحيل، ممكن افهم؟

نظر إليَّ وقال: «تامر» نحن في عام ٢٠٠٥ فكيف تكون كل أوراقك الثبوتية مستخرجه في ٢٠١٧ أو ٢٠٢١ يعني حوالي ١٢ عام أو ١٧ عام فكيف لنا أن نصدق ذلك؟

قال لي: احك لنا من أي بلد جئت و.....

دخل شرطي آخر وأعطاه ورقة صغيرة فنظر إليها ثم قال: هل عندك (بيتزاريا).

في (بلاتصولو) ـ وهو اسم مدينه أخرى.

فأجبته: نعم، كان عندي وتم بيعها في ٢٠٠٨.

فنظر إليَّ ثم قال: «تامر» أرجو أن تفهم، نحن في ٢٠٠٥ و(البيتزاريا) ما زالت ملكك.

ظل يتحدث وأنا مستنكر كل ما يقول، ثم سألني: هل أنت متعاطي شيئًا.

أجبته: بالطبع لا، وإن كنت أنا متعاطي شيئًا فهل أوراقي الثبوتية أيضًا متعاطيه شيء؟

ووقعوا عليَّ اختبارات الكحول والمخدرات، ولكنهم لم يجدوا شيئًا حتى تعبتُ من كثرة الأسئلة والأجوبة وقد طلع الصباح وأنا ما زلت لا أصدق ما يحدث من حولي.

فجأة تذكرت شيئًا مهمًا فقلت للشرطي: هل لي أن أكلم عمي لكي يؤكد لكم كل ما رويته؟

فأجاب: نعم.. من حقك طبعًا.

أخرجتُ هاتفي من جيبي وهم يتمعنون الهاتف ـ فقد كان الهاتف جديدًا وصدر حديثًا منذ شهرين فقط ـ و بدأتُ أطلب عمي على الهاتف ولكن كانت المفاجأة، هذا الرقم غير صحيح، فأخبرته أن الرسالة تقول أن الرقم غير صحيح.

سألني: هل هذا هاتف؟ قلت: نعم.

سأل عن نوعه فقلت: أي فون ١٤، إنه صادر منذ شهور قليلة من شركة آبل.

علق شرطي آخر: ولكن آبل لا تنتج هواتف.

نظرت إليه قائلًا: إن كنا فعلًا في عام ٢٠٠٥ م، فشركة آبل لم تنتج هواتف بعد، ولكنها ستبدأ بعد عامين في إنتاج أول هاتف لها أي فون ٣. وتذكرتُ أنني قد التقطتُ بعض الصور في المطعم الذي أعمَل به. فعرضتها على أفراد الشرطة ليشاهدوها.

تعجبوا جميعًا مما يشاهدون، إن المحل مغلق بالفعل بل ومهجور ولكن ما يشاهدونه الآن مستحيل.

تركوني جميعًا وذهبوا قائلين سنكمل التحقيق قريبًا، ومرت حوالي ساعة ولم يرجع أي منهم، فقررت أن أخرج لأبحث عنهم، ولكني لم أجد أحدًا بالخارج، فأكملت السير ناحيه الباب العمومي للخروج، إنه إمامي وأستطيع إن أكون بالخارج الآن.. ولكن الغرفة التي تسبق الباب بها شرطيان يعملان على جهازي كمبيوتر، لم أكن قد رأيتهم من قبل فقررتُ أن أستعمِل الحيلة، ودعوتُ الله أن يكونوا لا يعرفون عني شيئًا، أظن أن وقت عمل الفريق الليلي قد انتهى، وهذان الشرطيان هما من وردية الصباح، فسرتُ ناحية الباب، واتجهتُ لنافذة الغرفة الزجاجية، وطلبتُ منه أن يفتح الباب الخارجي، لأنه يُفتَح بمفتاح كهربائي من داخل الغرفة فأجاب: نعم.

ودَّعته بكلمة شكر، ومن ثم خرجت للهواء الطلق.

لا أصدق نفسي ولا أصدق ما يحدث حولي، كيف لي أن أكون في عام ٢٠٠٥ كيف حدث ذلك؟ وماذا سأفعل الآن؟ هل سأظل حبيس هذا العام؟

أسئلة كثيرة كانت تدور في ذهني، ولم أستطع أن أفكر، ولكني فقط أريد كوبًا من القهوة، وأن أتناول وجبة إفطار خفيفة حتى أستطيع التفكير، وهنا جاءتني فكرة بسيطة ولكن جنونية، أن أذهب إلى (بلتصولو) تلك المدينة التي بها محلي الصغير لصناعة البيتزا فأنا ـ في ذلك العام ـ أملك المحل.

بالفعل بحثتُ عن حافلة، وها أنا الآن في الحافلة والساعة تقترب من العاشرة صباحًا، ولكن.. كيف لي أن أفتح المحل وليس معي مفاتيح؟ عندما أصِل سوف أجد طريقةً ما لفتح الباب وأستريح بعض الوقت، ثم أرى ماذا سأفعل؟

وصلت هناك وتوجهت مباشرة إلى (البيتزاريا)، وعندما وقفت أمام الباب الزجاجي وجدت المحل مفتوحًا فتسمرت قدماي لما رأيت.. ما هذا؟! إنه أنا!! نعم.. أنا موجود داخل المحل.. إذا ماذا سأفعل؟!! إن دخلتُ وقابلتُ نفسي كيف سيكون الوضع؟!!

أخذتُ قراري بأن أدخل وأترك كل شيء يأخذ مجراه.

دخلتُ ولم أجد نفسي، فبالتأكيد أنا متواجد داخل المطبخ في ذلك الوقت أحَضِر بعض الأشياء الخاصة بالعمل، فناديت على اسمي: «تامر».. «تامر».

فأجاب «تامر» من الداخل قائلاً: ثواني وسأحضر.

عندما خرج تسمرت قدماه هو الآخر، حينما نظر إليَّ فوجد نفسه، لكن مع خسارة الكثير من الوزن، ثم اتسعت حدقية عيناه، وهم أن يتحدث ولكني كنتُ أسرع منه وقلت: اهدأ حتى تفهم.. اهدأ ولا تخف فأنا أنت.

قال: نعم!!!! أنت أنا؟!! كيف؟ ممكن أفهم؟!

نعم أنت تشبهني.. بل أنت صورة مني لكن أنحف قليلًا، وصوتك وشعرك، ثم أخذ يتفحص كل شبر في جسدي، كل علامات وآثار الجروح التي صنعها الزمن من العمل والوشوم التي كانت بجسدي من قبل وتم محوها وتركَت أثرًا في جسدي، وحينما تأكد أنه أنا هو، نظر إليَّ وقال:

ممكن أفهم؟ لأني بدأت أجن؟

طلبت منه أن يهدأ ويتماسك حتى يفهم، ونبحث عن حل سويًا وطلبت منه أن نذهب لتناول القهوة ووجبة الإفطار الصغيرة عند (كوزيمو) في البار المجاور.

نظر إليَّ وقال: هل أنت مجنون؟؟ ماذا نقول لهم في البار؟ استنسخوك مني وأنا نائم؟!!! اهدأ وانتظرني هنا وأنا سأحضر كل شيئ هنا.

أجبته: تمام.. عندك حق.

انتظرت حتى ذهب وعاد مرة أخرى، وبعد تناول القهوة وجدته يذهب ليغلق الباب، ثم قال لي: بلاش شغل.. احكي لي؟

بدأت أسرد له الحكاية منذ بداية يومي بالأمس حتى وجدت نفسي هنا أمامه، ولكن أثناء سرد الحكاية لفتَ انتباهه شيئًا هامًا لم أكن أفكر فيه من قبل، فقد قال لي: لحظة.. أنت قلت أنك نظرتِ للبرق الشديد في السماء ثم أصابك العمى من شدة الضوء للحظات؟

قلت: نعم.

فقال: لم لا تكون تلك لحظه انتقالك؟ فقد سافرتَ عبر الزمن للخلف عند رؤيتك لذلك الضوء الباهر.

قلت له: احتمال أقرب للصواب، ولكن لماذا هنا بالذات في هذا العام؟

أجاب إجابة منطقية أخرى وقال: إنك كنتَ تُفكر من قبل في ذلك العام وكنتَ تتمنى أن تكون حياتك من بعده حلمًا، أو أنك إن استطعت العودة للخلف ستتغيِر حياتَك، وها أنت هنا في العام الذي تمنيت العودة إليه.

ولكن... هل لك أن تخبرني كيف ستُغير مستقبلك من هنا؟

فبدأت أسرد له حياته القادمة، أو بالأحرى حياتي أنا، وما حدث فيها، فكلانا نفس الشخص.

وبعد أن انتهيت بدأت أملي عليه بعض النصائح التي يجب اتباعها مستقبلًا حتى لا يقع في نفس الأخطاء، ولكن أذهلني رده حينما قال لي: طبعًا لن استمع لك ولا إلى نصائحك، فقد كانت تلك أخطاءك وليست أخطائي، وكانت حياتك أنت وليست حياتي.

صرختُ في وجهه: أنت أغبى مما توقعت، مَن أكون أنا ومَن تكونُ أنت؟ كلانا نفس الشخص.

فقال: لا أنا أنا ...... وأنت أنت.... ولا تُملي عليَّ حياتي من فضلك واتركني أخوض تجاربها كما أريد، وأعدك أنني سأضع حياتك وما أخبرتَني به نصب عيني دائمًا وأن أكون حذراً في قراراتي القادمة.. أعدُك بهذا، ولكن الأهم ماذا سوف تفعل الآن؟ وكيف ستعود؟

فقلت له: لا أدري.. لا أستطيع التفكير، فقد تغيرت كل حياتي ولا أعرف كيف سأعود وأستمر في حياتي وكتاباتي ومؤلَّفاتي.

فسألني: أي مؤلَفَات؟ أنت فقط نشرتَ ديوان واحد ومسرحية شعرية واحدة!

فقلت: لا.. في المستقبل سيكون لي الكثير من القصص منشورة ومتداولة في موقع جوجل وكنت أكتب مؤخراً عن سجن «قارا» في المغرب.

فسأل باستغراب: سجن «قارا»؟!!! وماذا عنه؟؟!

فأخبرته أنه سجن تم بناؤه في القرن الثامن عشر الميلادي في عهد «المولى إسماعيل»، وهو سجن مرعِب وليس له أية أبواب إلا بابٌ واحدٌ سري، من

يستطيع الوصول إليه أو اكتشافه يكون حرًا طليقًا للأبد، ولم يكتشف الباب أي سجين من قبل، فكان من يُسجَن داخله مصيره الموت، ويُقال أنه مسكون بأرواح السجناء، وقد تاهت فيه أكثر من حملة استكشافيَة ولم تعُد، ولكن لم يعرف تحديدًا متى تم بنائه أو افتتاحه، كما أن قصته المعروفة ينقصها الشرح والمعلومات، فكنتُ أتمنى أن أصل لأية معلومة عن سنة بنائه أو طريقة إنشائه، وأين الباب السري؟ ومعلومات كثيرة كنتُ أبحث عنها حتى أستطيع أن أسرد القصة كاملة، ولكني لا أدري من أين أجد معلوماتي، والأهم من ذلك كيف سأعود لزمني حتى أستطيع ممارسة حياتي كما كانت؟

فأجابني «تامر» ناظراً إليَّ: ......لا أدري ماذا أقول.

نظر «تامر» إلى «تامر»، أو نظرتُ إلى نفسي.

إنه لأمر شديدُ الغَرابَة، هل يمكن أن تعود بالزمن وتتحدث إلى نفسك؟ والأعجَب أنك لن تستمع إلى نصيحة من نفسك في ما يخص المستقبل، فهل هو المصير الذي كتبه الله علينا؟ وهل هذا هو القدر؟ لا أدري.

نظر إليَّ وقال: إذا كنتَ تريدُ الكتابة فهذا المحل الصغير ـ مشيراً إلى المحل المجاور.

فسبقته بالرد: إنترنت كافيه وهذا ملكي.

فقال: لالا.. هذا ملكي أنا.. أنت الآن لا تملك شيئًا، ولكن إن أحببت فاذهب للكتابة على أي جهاز تريد، وسأحضر لك سي دي لتنسخ عليه كل ما تكتب لتأخذه معك حين تعود لزمنك، وهكذا على الأقل لن تخسر شيئًا، ولكني أخبرته أن الأمر أبسط من هذا وأني سأستعمل هاتفي للكتابة فبرنامج الوورد موجود على الهاتف أيضًا وباستطاعتي الكتابة عليه، وأخرجتُ هاتفي من جيبي، وحينما رآه اتسعت عيناه وقال: ما هذا الهاتف؟

فأجبته: إنه آخر موديل صادر من شركه آبل في عام ٢٠٢٢ اسمه أي فون ١٤، وفتحتُ الهاتف و بدأت في عرض بعض الصور لأطفالي وحياتي فلم يصدق أنه سيرزق بأربعة أطفال، وقال: لا لا لا، أرأيت؟ إن تفكيري غيرك أنا عندي الآن طفل واحد، ولا أريد إلا واحدًا آخر فقط وشكرًا لله.

فقلت: أني كنت أفكر بنفس الطريقة، فقد كان هذا تفكيري من قبلك، ولكن إرادة الله سوف تكون.

فسألني عن هذه الفتحات في مؤخرة الهاتف.

فقلت: إنها الكاميرا لتكون جودة الصورة أفضل وأقرَب أن تكون مجسمة والتقطتُ بعضَ الصور لنا في أوضاعَ مختلفة وأريته إياها، فذُهِل من جودتَها، ثم بدأنا نُفكر في كيفيه العودة، واستأذنته أن يشتري لي علبه من السجائر وفنجانًا من

القهوة حتى أستطيع الكتابة والتركيز، فسألني إن كنت أريد زجاجة بيرة أو كأس كحول؟

فأجبته بأنني قد توقفت عن الشراب، فقال: مستحيل.

قلت: لماذا مستحيل فلقد ألهمني الله أن أتوقف ورزقني بمن تقف بجانبي وتدفعني للأمام في طاعته، وأن أعود إلى نفسي وأن أحاول أن أظهر في أحسن صورة، وهذا أفضل بكثير من أن تكون بداخلك شخص ومن الخارج يرى الناس شخصًا آخر.

فتعجب من كلماتي وقال: وقد أصبحت فيلسوفًا أيضًا؟!

فقلت: لا لم أصبح فيلسوف، ولكن ما مررت به في حياتي غيَّر مِني الكثير وسترى بنفسك.

أحضر لي سجائري وكوبًا من القهوة وبدأتُ أختلي بنفسي في الغرفة الداخلية للمحل وبدأت في الكتابة عن قصتي مرة أخرى، سجن «قارا» وعن بنائه وعن مدي اتساعه الخ.

حتى أرهقتني التعب واقترب الليل من الانتهاء، واقترب هو أيضًا من إنهاء عمله وإغلاق المحل، وسألني: هل أنت جائع؟

فقلتُ: نعم وأنتَ تعلم البيتزا المفضلة لي.

فضحك وقال: وهل سأغيرها في المستقبل؟

فقلت: لالا لن تغيرها أبدًا ستظل تأكل المرجريتا بالجرجير وثمار الطماطم والمايونيز والشطة.

فضحك وأعد لي بيتزا وقال: الحظ في صفنا اليوم فالمنزل خالي، فابن عمك في إجازة في «مصر».

فقلت: أعلم، ولكن كيف سنصعد سويًا؟

قال: لا تقلق.. خذ هذا الكاب وضَعه على رأسك وحاول أن تُخفي وجهك وهيا بنا.

اتجهنا سيرًا لطريق المنزل ومرة أخرى دون سابق إنذار بدأت السماء في زخرفة نفسها بالإضاءة المخيفة، وظهر البرق والرعد في كل مكان وبدأ المطر يهطل بغزارة فنظرتُ إلى «تامر» وأخبرته أنه بالأمس كان الموقف مشابه، وحينما نظرتُ إلى السماء أضاء البرق بشدة أمام عيناي وأصابني مرة أخرى بالعمى للحظات، وعندما أغلقت عيناي قلت لنفسي اااااااه الآن سأفتح عيناي لأجد نفسي في زمني وما أجمل ذلك، وفعلًا فتحت عيناي ولكني وجدتُ نفسي في الصحراء.

ألا يوجَد أي شيء هنا؟.. ألا يوجد أي شخص هنا؟

صُعِقت وصرخثُ صرخَة تردد صداها عدة مرات وكِدت أنفجِر من كثرة الأسئلة، أين أنا؟ ولماذا الصحراء؟ وإن كانت صحراء فلماذا ليلًا؟

جلستُ في مكاني لم أتحرَك حتى بدأت السماء في إرسال أول خيوط النهار وأضاءَ الكون من حولي، فبدأت السير في اتجاه الشمس وأنا أفكر هل هذه هي نهاية المصير؟ الموت في الصحراء؟ وهل.. وهل.. ألف هل.

ولكن بعيدًا على الأفق ظهرت خيمة، وعلى ما يبدو أن هناك بعض الأغنام حولها..

هرولت ناحيتها حتى وصلت هناك، فوجدت شخصين بالداخل، فبدأتهما بالسلام.

فزع الرجلان حينما رأياني أمامهم بتلك الملابس الغريبة ـ وكنت لا أزال بملابس الشيف ـ فقالوا: وعليك السلام يا أخي.

سألتهم: أين أنا بالله عليكم.

قال أحدهم: هل أنت تائه؟

فقلت: نعم تائه.. ولا أعلم أين أنا.

سألني مرة أخرى: لهجتك مصرية.. أنت مصري؟

قلت: نعم أنا مصري.. أين أنا بالله عليك.

فقال: اهدأ يا أخي.. أنت بين إخوانك في «فاس» بالمغرب العربي. فهذه صحراء «فاس».

صُعِقت من هول المفاجأة، واستغربت شكل الملابس التي يرتدونها فقلت: أأنت مغربي؟

قال: نعم.. أنا مغربي أمازيغي. ونحن نسكن هذه المنطقة.

سألته: في أي عام نحن؟

فنظر إلى الرجل المجاور له مستغربًا سؤالي، ولكنه أجاب: نحن في عام ١٧٠٥.

عندما سمعت هذا الرقم سقطتُ مغشيًا عليَّ ولم أعد أشعر بأي شيء على الإطلاق.

الفصل الثالث

«مكناس»
وقصر «المولى إسماعيل بن الشريف»

بدأ ذهني يستيقظ وأذناي تسمعان بعض الكلمات التي لا أفهمها بلهجة غريبة مثل ((فزك. أو. نجد أو تسطا أو امصوض)) اتضح لي فيما بعد أنها كلمات أمازيغية يعرفونها فيما بينهم.

مَن هذا؟ هل هو مجنون؟ اسقوه ماء... كلمات من هذا القبيل.

بدأت أفتح عيناي شيئًا فشيئا، ونظرتُ من حولي فإذا أنا ملقى على فراش على الأرض في جانب غرفة، وحولي بعض الرجال والنساء، وبمجرد أن نظرتُ لهم وشعروا بي، هرولَت النساء للخارج وجاء إليَّ الرجال وبدأت الأسئلة: هل أنت بخير؟

ويسأل آخر: من تكون؟

وآخر: مِن أين أتيت؟

وأنا أنظر إليهم جميعًا ولا أتفوه بكلمة، فمازلت أتعجب وأسأل نفسي مرة أخرى، كيف وصلتُ إلى هنا؟! وإلى هذه السنة؟!ثم تذكرت كل شيء.

خرج أحدهم ثم عاد حاملًا بعض الملابس وجلبابٌ مغربي، وقالي لي: هل تستطيع الوقوف يا أخي؟

أجبته: نعم.. الحمد الله استطيع.

ربت على كتفي وقال لي: أولاً وقبل أي شيء استحم وبَدِل ملابسك ويجب أن تأكل بعض الطعام، ثم نعرف ما قصتك يا أخي.

هممت بالقيام وأشار لي إلى الحمّام وقالي لي: مِن هناك.. كل شيء جاهز بالداخل، تفضل يا أخي.

ذهبت وبدأت الاستحمام، وحينما صببتُ الماءَ الدافئ على رأسي بَدأت الأسئلة من جديد تنهالُ على عقلي، كيف وصلتُ إلى هنا، هل كلما نظرتُ للسماء أثناء البرق سأعود بالزمن؟ أنا أريد العودة إلى زمني أنا وليس للخلف، ثم.. ماذا سأفعل في هذه السنة تحديدًا؟ ومن يكون هؤلاء القوم؟

لكني أفقتُ في لحظة طرق الباب، وسمعتُ صوتًا من الخارج: أنت بخير يا أخي؟

فأجبت: نعم.. أنا بخير.. سأخرج بعد دقائق.

وفهمت أنني قد تأخرت لأني شردت مع أسئلتي الكثيرة، واستبدلت ملابسي بالجلباب المغربي، وشعرتُ بالدفء، فقد كان الجو شديد البرودة بالفعل، وكان المنزل قديمًا ومبنيًا بالطوب اللَّبِن ولكنه مرتب وجميل، يشعرك بالدفء.

خرجتُ إليهم وأنا أشعر بالخجل والخوف في نفس الوقت، وحييتُهم بسلام الله، فأجابوني جميعًا، وجلستُ بينهم أنظر إليهم وهم ينظرون إليَّ، ثم قال أحدهم: الآن بعد أن ارتديت هذه الملابس نشعر أنك واحد منا وخصوصًا بسبب ملابسك الغريبة التي كنت ترتديها.

ضحك الباقون من كلماته ونظروا إليَّ فقلت: إنها ملابس عملي، فأنا شيف.

لم يفهموا ما قلت، فشرحت لهم: أنا طباخ، هذا عملي وهذه ملابسي.

ففهموا وقالوا لي: أين تعمل؟ وكيف وصلت إلى هنا؟

نظرتُ إليهم وأنا لا أدري ماذا أقول، فهل إن أخبرتهم الحقيقة يصدقون؟

ولكني سألت: اعذرني يا أخي.. أولاً أريد أن أشكركم على كرمكم معي وواجب الضيافة، وأريد أن أعرف أولًا من أنتم؟

قال أحدهم: نحن «الأدارسة»، نحن أمازيغ، وهنا مدينة «فاس» المغربية، وأنا «عبد الله» وهذا أخي «مصطفى» وهذا «محمد»، والآن من أنت؟

أجبتهم: مرحبًا بأهل «فاس» وإخواني بالمغرب، أنا «تامر».. هذا اسمي، مصري وأعيش بدولة إيطاليا بأوروبا، وأعمَل طباخًا بأحد المطاعم هناك، والحقيقة........ لا أدري إن كنتم ستصدقونني أم لا؟....... ولكن معي الدليل على صدق كلامي.

قالوا: احك لنا، ولماذا لا نصدقك؟

قلت: لأني تائه في الزمن.

فنظروا إلى بعضهم بعضًا ثم نظروا إليَّ وهم يبتسمون: لم نفهم ماذا تقصد بتائه في الزمن؟

فقلت: جئت من العام ٢٠٢٢ ولا أدري كيف رجعت أكثر من ٢٢٠ عام وأتيت إلى هنا، ولكن هذه هي الحقيقة.

بدأت أسرد عليهم تفاصيل ما حدث لي، وقد علَت وجوههم نظرات التعجب مما أقول، ثم أخرجت هاتفي واتسعت عيونهم حينما شاهدوه، وبعدها قال أحدهم: نصدقك يا أخي ولكن الآن كيف لك أن تعود؟

فقلت: لا أدري.. هذا هو ما يشغل تفكيري ولا أدري ماذا أنا فاعل في هذه السنة.

أجاب أحدهم: الإجابة عندي يا أخي الصغير، أنت كنت تفكر في سجن «قارا» و «المولى إسماعيل»، صحيح؟

قلت: نعم.

فقال: وها أنت هنا بينما سجن «قارا» على وشك الانتهاء من البناء، ومرحبًا بك في عصر «المولى إسماعيل».

فسألته: وهل الحاكم الآن هو «المولى إسماعيل»؟

قال: نعم.. ولهذا أنت هنا.. فقد كنتَ تفكر في هذه السنة وهذا السجن وهذا الملك، وقد سافرت على حد قولك إلى كل ما تمنيته، ففكِر بالاستفادة، لابد وأنك هنا لتُغير شيئًا ما أو لتعرف شيئًا ما سيُفيدُك، ولكن.. ما هو؟

فأجبته: بالنسبة للتغيير فأنا لم أستطع تغيير مستقبلي مع نفسي عندما قابَلتني وأصَر مَن في الماضي على أن يخوض نفس التجربة بنفس الأحداث، بل واتهمني بالغباء.

فضحك «محمد» وقال: نعم.. أصَدِقُك.. لأن أي إنسان لا يُصَدق إلا نفسه وحتى إن نصحته دهرًا كاملًا فلن يصدق إلا نفسه.. ثق بهذا، إذاً أنت لست هُنا للتغيير.. أنت هنا للاستفادة، فحاول أن تستفيد بكل ما تريد أو ما يضَعه القدر أمامك.

فقلت له: ولكن أنا الآن في «فاس».. وليس «مكناس».

أجاب «عبد الله»: استرح اليوم وغدًا.. فلم نشبع من صحبتك بعد، ثم سأوصلك أنا بنفسي إلى «مكناس»، فهي ليست كما تتخيل إنها ليست بعيدة، فهي تبعُد مسيره يوم أو ليلة فقط، وبعد غدٍ نتوكَل على الله وسأوصلك إلى هناك.

نظر إليه «محمد» وقَال: ابق معه ولا تعود حتى تطمئن عليه.. فهو ضيفنا.

فقال: نعم يا أخي لا تقلق.

وبينما هم يتحدثون وأنا أتعجب مِن هؤلاء القوم ومن الاهتمام والكرم.. إنهم «الأدارسة».

نبذه تاريخية عن مدينة «فاس»

ـ ويكيبيديا، الموسوعة الحرة

https://ar.wikipedia.org/wiki/فاس

يعود تاريخ مدينة «فاس» إلى القرن الثاني الهجري، عندما قام «إدريس بن عبد الله» مؤسس دولة «الأدارسة» عام 172 هـ الموافق لعام 789 م ببناء مدينة على الضفة اليمنى لنهر «فاس»، وفد إلى مدينة «فاس» عشرات العائلات العربية من القرويين ليقيموا أول الأحياء في المدينة والذي عرف باسم عدوة القرويين. كما وفد إليها الأندلسيون الذين أرغموا على الهجرة من الأندلس ليكونوا حي عدوة الأندلسيين. وكان هناك حي خاص لليهود وهو حي الملاح. بعد وفاة إدريس الأول بعشرين سنة أسس ابنه إدريس الثاني المدينة الثانية على الضفة اليسرى من النهر. وقد ظلت المدينة مقسمة هكذا إلى أن دخلها المرابطون فأمر يوسف بن تاشفين بتوحيدهما وجعلهما مدينة واحدة، فصارت القاعدة الحربية الرئيسية في شمال المغرب للدول المتتالية التي حكمت المنطقة، بالإضافة لكونها مركزا دينيا وعلميا في شمال أفريقيا وأسست فيها جامعة القرويين عام 859م التي كانت مقصد الطلاب من جميع أنحاء العالم الإسلامي وأوروبا. جامعة القرويين هي أقدم جامعة في العالم.

كانت مدينة «فاس» أحد ركائز الصراع بين الأمويين في الأندلس والفاطميين الذين حكموا (مصر وليبيا وتونس). وظلت المدينة تحت سيطرة الأمويين في الأندلس لمدة تزيد على الثلاثين عاما وتمتعت خلال تلك المدة بالازدهار الكبير. وعندما سقطت الخلافة الأموية بقرطبة وقعت مدينة «فاس» تحت سيطرة أمراء زناتة الحكام المحليين للمغرب في تلك الفترة، سيطر بعدها المرابطون على المدينة، وتلاهم الموحدون الذين حاصروا المدينة تسعة أشهر ودخلوها في عام 1143 م. قام بنو مرين بالسيطرة على المدينة بعد سقوط دولة الموحدين واتخذوها مركزا لهم بدلا من «مراكش»، وأنشؤوا مدينة ملكية وإدارية جديدة عرفت بالمدينة البيضاء. في عهد المرينيين عرفت مدينة «فاس» عصرها الذهبي، إذ قام أبو يوسف يعقوب المنصور ببناء «فاس» الجديدة سنة 1276 م وحصنها بسور وخصها بمسجد كبير وبأحياء سكنية وقصور وحدائق.

وأصبحت مركزا للدولة العلوية في المغرب في 1649 م، وبقيت مركزا تجاريا هاما في شمال أفريقيا. ظلت المدينة المصدر الوحيد للطربوش الفاسي حتى القرن التاسع عشر الميلادي، عندما بدأ يصنع في كل من تركيا وفرنسا.

في التاريخ الحديث أي منذ عهد المولى الحسن الأول (1872-1894م)، بدأت الوسائل الحديثة بالدخول إلى المدينة فزودت بالطرق الإسفلتية وبخطوط الكهرباء

والهاتف، وكانت «فاس» عاصمة للمملكة المغربية حتى عام 1912 م (فترة الاحتلال الفرنسي والتي استمرت حتى 1956 م) وتم فيها تحويل العاصمة إلى مدينة الرباط. هاجر العديد من سكان «فاس» إلى المدن الأخرى وخاصة يهود المدينة، إذ أفرغ حي الملاح تماما من ساكنيه، وكان لهجرة السكان من المدينة أثرا اقتصاديا سيئا على هذه الأخيرة.

وكانت «فاس» عاصمة للمملكة المغربية حتى عام 1912 م (فترة الاحتلال الفرنسي والتي استمرت حتى 1956 م) وتم فيها تحويل العاصمة إلى مدينة الرباط. هاجر العديد من سكان «فاس» إلى المدن الأخرى وخاصة يهود المدينة، إذ أفرغ حي الملاح تماما من ساكنيه، وكان لهجرة السكان من المدينة أثرا اقتصاديا سيئا على هذه الأخيرة.

تناولت العشاء البسيط الشهي وكنتُ آكُل بنهم كبير لأني لم آكل منذ ثلاثة أيام. بدأتُ أتخيل رحلَتي وأنظم أفكاري، فهي فُرصَه لكي التقط بعض الصور بنفسي لسجن «قارا»، وأن أعرف كل ما خفي من أسرار بناء هذا السجن وأن أحاول الوصول للباب السري، كل تلك الأفكار تدور في ذهني.. ولكن كيف؟ وما هي الحيلة التي سأستخدمها للوصول إلى هذه المعلومات؟

مرت ساعات في الحديث معهم عن المستقبل وما سوف يحدث من حروب وأوبئة وتَقَدُم، وهم ينظرون إليَّ وأفواههم مفتوحه عجبًا مما أقول، وشعرت بالتعب مرة أخرى وبدا على وجهي الإجهاد، وقال كبيرهم «مصطفى»: هيا يا إخواني، اتركوا الرجل يستريح قليلًا، ونُكمِل حديثنا في الصَباح.

ثم نظر إليَّ وقَال: اسمع.. الليلة ليست بل ممطرة ولا يوجد لا برق ولا رعد.. أريد أن أعود في الصباح فأجدك هنا مكانك، ولا تذهب لأي مكان، لا سفر الليلة.

فضحكنا جميعًا من كلماته ونظرتُ إليه وقلت: أعدُك بذلك. وحتى إن حدث فسأغلق عيناي ولن أنظر للسماء.. أعدُك فأنا أيضًا لم أشبع من صحبتكم، أنتم أهل كرم وضيافة.

قال «محمد»: أنت في بيتك يا أخي ونحن إخوة في الدين، وأرض الله ليست ملك بشر فهي لله وخلقه.

تعجبت من كلماته وتمنيت من داخلي أن أكون من هذا العصر، فالناس هنا ما زالوا أنقياء لم تلوثهم مطامع الدنيا.

ذهبوا وتركوني أنال قسطًا من الراحة، وبالفعل ذهبت في نوم عمييييق ومريح جدًا حتى جاء الصباح.

استيقظت وذهبت للوضوء والصلاة، ودخل عليَّ «مصطفى» وأنا أصلي وانتظر حتى انتهيت وسلمت، وقال: ما شاء الله.. عرفت مكان القبلة دون سؤال!

فقلت: «ولله المشرق والمغرب فأينما تولوا فثم وجه الله» والله موجود في كل مكان وزمان وكل اتجاه.

فقال: أتحدث عن القبلة، أنت تصلي في الاتجاه المضبوط.

فقلت: فطرة يا أخي.. ألهمني الله، ودون سؤال وجدتُ نفسي أتوجه إليها، فتوكلت على الله.

قال: أنت إنسان طيب وداخلك نقي.

قلت: هذا من فضل ربي.

ثم سأل: كيف كانت ليلتك يا أخي؟

قلت: من أفضل الليالي في حياتي.. فلم أنم في حياتي مرتاح القلب مثل تلك الليلة.. حتى أحلامي كانت بسيطة وجميلة.

فقال: لا ترويها، وهنيئًا لك فإن كانت خيرًا فهو نصر من الله وبشرى وإن كانت شرًا فاستعذ بالله واسأله أن يبعد شرَّها عنك.

قلت: الحمد لله، إن شاء الله هي نصر.

فقال: إن شاء الله يا أخي، فإن الله عند ظن عبده به، فأحسِن الظَن بالله.

وفي هذه الأثناء دخل باقي الأخوة «عبد الله» و «محمد» وابتسموا قائلين: حياك الله يا تائه.

فضحكتُ ورددتُ عليهم التحية، وإذا بالإفطار عند الباب إنها أختهم الصغرى «ثريا» وما أجمله من اسم وما أجمل تلك العيون التي نظرت إليَّ من خلف وشاحها الذي تغطي به وجهها فوضَعَت الإفطار وطلب منها «مصطفى» إعداد الشاي فأجابت بإيماءة بسيطة من رأسها تعني الموافقة، ثم ذهبت.

بعد تناول الإفطار والشاي نظر إليَّ «مصطفى» وقال: اسمع يا «تامر».. أنا لم أنم طوال الليل أفكر في كل ما قُلت، وإني على يقين بأنك صادق ولذلك قررتُ مساعدتك.

فنظر إليه أخويه وقالا: وكيف ستساعده؟

فنظر هو إليَّ مرة أخرى وقال: أنا من سيسافر معك غدًا وليس أخي، وذلك لأن صداقة تربطني مع مدير القصر وهو المسؤول عن المهام المنزلية لقصر «المولى إسماعيل بن الشريف»، ولكن أنصت إليَّ جيدًا، أولًا سيقوم «محمد» بتهيئتك.

فسألت: وكيف ذلك؟

فقال سيحلق شعر رأسك قليلًا حتى تبدو مثلنا وسيهندم تلك اللحية والشارب فنحن لا نتركها هكذا، وبعد أن تبدو هيئتك مثلنا يصبح اسمك «عبد الله بن نصير»، أي ابن عمي، وأنت أبكم لا تتفوه بكلمة، وتحت أي ظرف من الظروف لا تصدر أي تعجب ولا تتفوه بكلمة من الآن أتستطيع فعل ذلك؟

قلت: إن شاء الله، تفضل أكمِل.

فقال: وأنا سأقدمك إلى صديقي على أنك ابن عمي وأن الله أعطاك موهبة الطهي، وأنك رجل مبارك بك نفحة إلهية ولديك أسلوبك الخاص في تحضير الطعام، فحسب حديثك بالأمس أنك متمكن من مهنتك.

فقلت: الحمد لله، هذا من فضل ربي.

قال: فلا تخذلني.

فاستوقفته لسؤاله: ولماذا أدخل القصر كطاهي؟

فقال: لأن «ابن الشريف» يعشق ألوان الطعام، وله عنده مكانة، فإن استطعت أن تخطف أنظاره بطعامك فاعلم أنك ستكون في مكانة كبيرة.. أفهمت؟

فقلت: نعم فهمت.

استمر باقي اليوم يسرد لي أفراد عائلته حتى أكون على دراية بالعائلة التي سأنسب إليها، ثم تركني باقي اليوم مع «عبد الله» ليكمل فسألت «عبد الله»: ولماذا اختار «مصطفى» أن أكون من أبناء عمومتكم وليس أي شخص آخر؟

فقال: اسمع.. إن معظم من في «مكناس» حاليًا هُم أسرى برتغاليون يستخدمهم «ابن الشريف» في بناء السجن، كما أن الشرطة والحراس يتشككون في أي شخص غريب، وإن شكُّوا في أمرك سيظنون أنك أسير هارب.. أفهمت؟ ولكن وجودك داخل القصر وكونك من قبيلة مغربية سيحميك بالفعل وخصوصًا إنك من أبناء عمومتنا.

شارف اليوم على الانتهاء وخلدت للنوم وأنا أجهز في ذهني ماذا سأبدأ في التحضير لـ «المولى إسماعيل».. وهل سأراه أمامي وجهًا لوجه؟ لا أدري، ولكني رتبت أفكاري للبدء في عملي الجديد.

أصبحنا في اليوم التالي وبعد الإفطار وجدت «مصطفى» قد قام بتحضير بعض الملابس لي وأكمل نصائحه: اسمع.. لا تنسى أنت أبكم ولكنك تسمع جيدًا.. وأنت لا تعرف القراءة والكتابة.. أفهمت؟

قلت: نعم.

وهنا نَظر إلى يدي فوجد هاتفي النقال وقال: هذا سيفضح الأمر، لابد أن تتركه هنا حتى تنتهي وتسترده مرة أخرى حتى لا ينكشف الأمر.

فقلت: لا.. إلا هذا.. فهذا ما سأوثق به كل شيء.. ولكن لا تقلق سأغلقه ولن أفتحه إلا عندما أكون متأكدا أنه ليس هناك من يراني فلا تقلق.

فقال: لالا.. سوف أقلق ولكن فليوفقك الله يا «عبد الله».

وانطلق كل منا على ظهر جواد حتى وصلنا إلى أبواب «مكناس».

وها هي «مكناس» أمامنا.. وبدأت في اختلاس بعض الصور بهاتفي حتى أحتفظ بها.

نبذه تاريخية عن مدينة «مكناس»

ـ «الموقع الرسمي لـ «مكناس ـ

https://www.meknes.ma/langue-ar/meknes/histoire.aspx

رغم أن مدينة «مكناس» أسست في القرن الثامن الميلادي، إلا أنها لم تصبح حاضرة إلا مع مجيء المرابطين حيث ازدهرت المدينة، وظهرت بعض الأحياء أهمها القصبة المرابطية «تاكرارت» كما شيدوا مسجد النجارين وأحاطوا المدينة بسور في نهاية عهدهم. ويعتبر الحي الذي لا زال يوجد قرب مسجد النجارين المشيد من طرف المرابطين أقدم أحياء المدينة.

تحت حكم الموحدين عرفت المدينة ازدهارا عمرانيا حيث تم توسيع المسجد الكبير في عهد «محمد الناصر» (1199-1213م)، وتزويد المدينة بالماء بواسطة نظام متطور انطلاقا من عين «تاكما» لتلبية حاجيات الحمامات والمساجد والسقايات كما عرف هذا العهد ظهور أحياء جديدة مثل حي الحمام الجديد وحي سيدي أحمد بن خضرة.

خلال العهد المريني شهدت المدينة استقرار عدد كبير من الأندلسيين قدموا إلى «مكناس» بعد سقوط أهم مراكز الأندلس. وقد شيد السلطان المريني أبو يوسف يعقوب (1269- 1286م) قصبة خارج المدينة لم يصمد منها إلا المسجد المعروف بلالا عودة. كما عرفت «مكناس»ة الزيتون بناء مدارس عتيقة كمدرسة فيلالة، والمدرسة البوعنانية ومدرسة العدول، و مساجد مثل مسجد التوتة ومسجد الزرقاء، وخزانة الجامع الكبير ومارستان الباب الجديد وحمام السويقة.

في عهد الدولة العلوية، خاصة إبان فترة حكم السلطان «المولى إسماعيل»، استعادت المدينة مكانتها كعاصمة للدولة، بحيث عرفت أزهى فترات تاريخها. فقد شيدت بها بنايات ذات طابع ديني كمسجد باب البردعيين ومسجد الزيتونة ومسجد سيدي سعيد، وتوحي منارات هذه المساجد من خلال طريقة تزيينها بتأثير سعدي واضح. بالإضافة إلى القصور وبنايات أخرى هامة، فقد قام السلطان «المولى إسماعيل» بتشييد الدار الكبيرة فوق أنقاض القصبة المرينية وجزء من المدينة القديمة.

كما أنه أنجز حدائق عديدة (البحراوية ـ السواني)، وإسطبلات للخيول ومخازن للحبوب وصهريج لتزويد الأحياء بالماء، وأحاط المدينة بسور تتخلله عدة أبراج عمرانية ضخمة وأبواب تاريخية كباب منصور وباب البردعيين.

قرب هذه الأبواب أعدت عدة فنادق أو محطات لاستراحة القادمين من مناطق بعيدة، أما الأسواق فكانت منظمة وتعرف حسب نوع الحرفة أو الصناعة، مثل سوق النجارة وسوق الحدادة وغيرها.

لم تتنازل «مكناس» عن أهميتها كمدينة مخزنية وحاضرة كبرى حتى عندما فقدت صفتها كعاصمة سياسية للعلويين خلال المنتصف الثاني من القرن 18م لفائدة جارتها «فاس» في بداية الأمر إذ كانت سكنا مفضلا لعدد من الأمراء ورجال الدولة.

ها نحن نقترب من القصر ويُقرئ «مصطفى» حراس القصر السَلام ويسأل عن «عليّ السوداني» ـ ولا أدري إن كان فعلًا من السودان أم هو لقب؟ ـ فإذا برجل طويل القامة عريض الأكتاف يأتي من بعيد فاتحًا ذراعيه مرحبًا بصديقه، بعد أن رحبوا ببعضهم البعض قدمني إليه وسرنا سويًا إلى داخل القصر.

في أحد جوانب حديقة القصر بدأ «مصطفى» يتحدث إلى صديقة «عليّ السوداني» عني وعن موهبتي وعن مفاجآتي لهم وللعائلة كل يوم، وأنه بعد تفكير عميق قرر أن يطلب من صديقه تلك الخدمة لعلها تكون سببًا في أن يكون لي شأن أفضل في المستقبل وخاصة أنه يعلم أن «ابن الشريف» يعشق الطعام،

نظر «عليّ السوداني» إليَّ ثم نظر إلى «مصطفى» مرة أخرى وقال: أنت تعلم أن القوانين هنا شديدة الصرامة فـ «ابن الشريف» لا يستهان به، وكل من يعمل بالقصر.......

قاطعه «مصطفى» وقال: لا تقلق أنت معك رجل مبارك، وصدقني لن تندم.

فقال: إن شاء الله.. فليوقنا الله جميعًا.. هيا بنا يا «عبد الله».

سِرتُ معه بعد أن ودّعَ صديقه وسِرنا بين دهاليز القصر حتى ظهر دَرَج ينزل لطابق سفلي،نزلناه.. ثم سرنا في الدهاليز مرة أخرى حتى وصلنا إلي بعض الغرف فأشار إلى غرفة بسيطة صغيرة وقال: اذهب وضَع أغراضك هنا.

وبعد أن فعلت عُدنا مرة أخرى.

على يمين الدَرَج كان المطبخ فدخلنا وقدَمَني إلى الطاهي، وعندما نظرتُ إليه وجدت أن وزنه لا يُستهان به.. وبدا بأنه يسخر مني أمام مسؤول القصر لأني نحيف فكيف أكون طاهيًا بارعًا بهذه النحافة؟ وقال: أنت تعلم أن أهم صفة من صفات الطاهي المتميز هي وزنه.

فضحكت ولم أتحدث، فأوصاه مسؤول القصر قائلًا له: اتركه يصنع طبقًا في عشاء اليوم، لنرى ماذا يستطيع أن يفعل؟

قال له ذلك ونظر إليَّ وقال: تعال معي.

ثم أخذ يُطلعني على كل شيء في المطبخ.. الأواني، ومكان الخضراوات، ومكان اللحوم، وكل شيء، وكان الطهي لا يزال داخل الأفران اللبنية وفوق حطب النار مباشرة ولم أشعر بأي توتر، فقد كنت في المستقبل أطهو الطعام في هذه الأفران وعلى هذه النار في حفلات الصحراء والليالي البدوية التي كنا نقيمها للأجانب والسائحين حتى يستمتعوا بالأجواء.. وكان أول ثبات لي أمامه عدم توتري من تلك الأشياء وبدأت بالفعل تحضير بعض البصل والفلفل والخضراوات وقطعة لحم وبدأت في التقطيع وتحضير الطعام الذي سوف أطهوه لـ «ابن الشريف».

كنت منهمكًا في التحضير والتقطيع بسرعة على قطعة خشبية خصصت للتقطيع، وفوجئت بالطاهي ينظر لي باستغراب، وهو مستمتع بما أفعل من نظام وترتيب وتقطيع، وقال: ما هذه السرعة في التقطيع؟ فأنا لم أر في حياتي أحدًا يُمسك السكين بهذه البراعة، ولا حتى أنا، وسرعة التقطيع.. ما هذا؟ فأنا أكاد لا أرى السكين من سرعتك.. أين تعلمت هذا؟ أنت فعلًا مبارك.

فابتسمت إليه فقط مع إيماءه بسيطة من رأسي، ونظر إلي مُساعد آخر وقال له: اسمع.. إذا احتاج «عبد الله» شيئًا فأحضره له على الفور، وإياك أن تغضبه، إنه مبارك.

فرحت بهذه الكلمات وبمساعدة الله لي أن أدخل محبتي في قلوبهم وأقنَعهم أني مبارك، وهذا أول طريقي إلى داخل القصر.

جاء وقت العشاء وأنهيت طبقي، وكان أول طبق هو «بيف استراجنوف» (ـطبق لحم محضر بصلصة بنية مع الفطر والفلفل الأسود وبعضًا من القشدة) وعندما تذوقه الطاهي قبل تقديمه رأيته يذوب مع اللحم الذي في فمه ويغلق عينيه استمتاعًا، وكنت أظنه سوف يغيب عن الوعي، وأخذ يتذوق اللحم مرة تلو الأخر، وكنت أقترب من الصراخ في وجهه ستُنهي على الطبق ولم يتبق منه شيء، أنت لا تتذوقه بل تأكله، وهنا تحدث المساعد وقال: إن أكلت الطبق فلن يتبقى ما نقدمه لـ «ابن الشريف».

وهنا عاد إلى رشده وقال: نعم.. نعم.

وقبل أن يذهب كنتُ قد صنعتُ بعض الزهور من الخضراوات لتزيين الطبق، وكان هذا أشد غرابة من الطبق نفسه.

وذهب العشاء لـ «ابن الشريف» وبعد حوالي ساعتين جاء «عليّ» وهو يلهث ويصرخ وينادي من بعيد: «عبد الله».. «عبد الله».. أين أنت.

فخرجت إلى الممر حتى يراني بينما الخوف يملأ قلبي، ولكني حينما شاهدت ابتسامته اطمأننت، فحكى لي ما حدث بالأعلى، قال إن «ابن الشريف» عندما وقعَت عيناه على الطبق الذي قمت بتحضيره تعجب من طريقة تزيينه أولًا وسألني عن مَن صَنَع هذا الطبق الجميل؟ فحكيتُ له وأخبرته عنك، ولكن حينما بدأ التذوق وجدته يُغْلِق عينيه ويأكل بشراهة واستمتاع مع كل قطعة لحم تدخل فمه فكنتُ في قمة السعادة أنني استطعت إسعاده بك، ولكن حينما انتهى من الطعام قال لي: اذهب وأتني بذلك الطاهي. فهل أنت جاهز لمقابلة «ابن الشريف» وجها لوجه؟

كان ردي إيماءه بسيطة من رأسي وأشرت له أن يعطيني قليل من الوقت، فاغتسلت وبدلت ملابسي، ولبست جلبابًا نظيفًا، وذهبت معه لمقابلة «المولى إسماعيل».

دخلت معه إلي صرح «المولى إسماعيل» وكان عبارة عن صالة كبيرة تتوسط القصر، وفي آخرها كرسي مُطعم بالذهب والأحجار الكريمة و «المولى» يجلس فوقه وحوله بعض الرجال من وزراءه يتحدث إليهم، وحينما اقتربتُ نَظر إلي وابتسم وقال: أنت من صنعتَ ذلك الطعام؟

فكانت إيماءة الرأس هي ردي عن السؤال، فابتسم وأخذ من جواره صُرة من المال وقال لي: هذه لك.. إنها ألف دينار هدية مني لك، ولكن في المقابل أريد كل يوم أن استمتع بطعامك كما استمتعتُ اليوم.

ونادى على «عليّ» وقال له: من اليوم «عبد الله» هو الطاهي الخاص بي.. لا يطهو لأحد أبدًا سواي، هل فهمت؟ أنا وحدي.

فرح «عليّ» وفرحت أنا، وخرجنا نسير للخلف ووجهنا ينظر لـ «المولى».

وقال لي «عليّ» : هذا يوم سعدك، فأنت الآن في مكانة أخرى فمَن تكون أنت حتى تدخل القصر، وفي نفس اليوم تَكون من المقربين، أنا أعمَل هنا قُرابه الثلاثون عامًا ولم آخذ صُرة كهذه قط.

فنظرت إليه وفتحت الصُرة وأخذت منها عشرين دينارًا وأعطيته إياها، فتعجب من فِعلي ولكنه أخذها، وكنت متأكدًا من داخلي أني سوف أخذ بدل هذه الصرة ألف صرة فيما بعد.

ذهبت إلي غرفتي وفي داخل عقلي يدور صراع، ما هي الخطوات التالية؟ فأنا لم آت إلي هذا العصر لأكون الطاهي الخاص بـ «المولى إسماعيل»، من المؤكد أني هنا لرسالة مُعينة، ولابد أن أسعي لها.

كانت ليلتي طويلة جدًا، قضيتُها في تفكير متواصل، وترتيب بعض أصناف الطعام التي سأقدمها لـ «المولى إسماعيل»، ولأنني على دراية فيما قرأت من قبل في سيرة المولى الذاتية التي كُتبَت في المستقبل، ودراية عن حبه وعشقه للنساء والطعام، فقررتُ أن استغل هذه النقطة وأن أطهو له بعض الأكلات التي تُشعره بالفحولة، وتثير غرائزه، ومرَّ في ذاكرتي كل ما أعرفه عن المولى من هو «المولى إسماعيل»؟

«إسماعيل بن الشريف»
سلطان مغربي

ـ ويكيبيديا، الموسوعة الحرة ـ
https://ar.wikipedia.org/wiki/إسماعيل_بن_الشريف

إسماعيل بن الشريف (1645–1727 م)، أو مولاي إسماعيل، هو سلطان المغرب منذ 1672 إلى 1727. ينتمي لسلالة العلويين، وهو الابن السابع لمولاي الشريف. حكم بعد أخيه الرشيد بن الشريف.

في عهده كانت الدولة العلوية في أزهى أيامها. وانتقلت عاصمة المغرب إلى مدينة «مكناس» من «مراكش». بدأ مولاي إسماعيل ببناء قصر متقن وأنصاب أخرى. كما بنى جداراً طويلاً لحماية «مكناس». توفي «المولى إسماعيل» في 22 مارس عام 1727، وخلفه ابنه «أحمد الذهبي بن إسماعيل».

نسبه:

هو «إسماعيل بن الشريف بن علي بن محمد بن علي بن يوسف بن علي بن الحسن بن محمد بن الحسن الداخل بن القاسم بن محمد بن أبي القاسم بن محمد بن الحسن بن عبد الله بن محمد بن عرفة بن الحسن بن أبي بكر بن علي بن الحسن بن أحمد بن إسماعيل بن القاسم بن محمد النفس الزكية بن عبد الله الكامل بن الحسن المثنى بن الحسن بن علي بن أبي طالب بن عبدالمطلب بن هاشم»

مسيرته:

كان والده «الشريف بن علي» أسيرا بسوس عند «أبو حسون السملالي»، وزَوَّجَه بامرأة من قبيلة المغافرة، فولد «المولى إسماعيل» في الأسر. أطلق سراح الشريف العلوي بعد أن دفع ابنه المولى «محمد بن الشريف» فدية مالية في حدود 1047هـ. وحسب ابن زيدان فإنه ولد بتافيلالت بالقصر المعروف «بأمجار». كان عارفا بالتاريخ والسيرة النبوية وضبطها، خرج من تافيلالت بسبب مولاي «محمد» الذي حارب إخوته غير الأشقاء، ولحق بالرشيد الذي سيعينه خليفة له على «مكناس» سنة 1076 هـ 1665م، رغم كونه غير شقيقه، فشقيق «إسماعيل» هو «المهدي»، الذي لم يدخل في غمار السياسة

فترة حكمه:

لما توفي «الرشيد»، بلغ خبر وفاته «إسماعيل»، وكان خليفة بفاس الجديد، فبويع وهو في السادسة والعشرين من عمره. حضر بيعته جماعة من الفقهاء، أعظمهم شأنا وأقواهم جاها الحسن اليوسي وعبد القادر الفاسي، وكان ذلك يوم

16 ذو الحجة 1082 هـ، الموافق 27 مارس 1672م. ثار عليه ولد أخيه أحمد بن محرز بن الشريف، حيث قدم »مراكش« طلبا للسلطة، فبايعه أهل »مراكش« وتقوت شوكته. فجمع »المولى إسماعيل« جيشه وقصد »مراكش« يوم الخميس آخر ذي الحجة 1082 هـ 1671م التي تصدى له أهلها والقبائل المجاورة من أتباع ابن أخيه أحمد بن محرز. لكنه تمكن من دخولها يوم الجمعة 7 صفر 1083 هـ، بعد شهر من الاقتتال وهروب ابن محرز إلى تارودانت، وأمر بنقل رفات أخيه الرشيد من »مراكش« إلى ضريح علي بن احرازم أمام باب الفتوح بفاس، معبرا بذلك عن غضبه. كما قرر »المولى إسماعيل« اللحاق بابن محرز، الذي تحصن بدبدو. واستمر »المولى إسماعيل« في حصار ومحاربة ابن أخيه إلى أن وقع الصلح بينهما، فعاد السلطان إلى العاصمة »مكناس«. وفي سنة 1683م دخل الحران أخ »المولى إسماعيل« مدينة تارودانت قصد إعانة ابن أخيه أحمد بن محرز، وهو ما جعل »المولى إسماعيل« يتوجه لمحاربتهما وحاصر تارودانت لأزيد من ثلاث سنوات إلى أن قتل أحمد بن محرز على يد بعض قبائل سوس.

وبايعت بعض قبائل سوس الحران بن الشريف فبقي محاصرا في المدينة والحرب مستمرة، إلى أن اقتحم »المولى إسماعيل« المدينة فتحصن الحران بالقصبة إلى أن عفا عليه أخوه، فتوجه إلى المشرق ووافته المنية هناك.

كما شق عليه العصا أيضا أهل »فاس«، فضرب عليها الحصار. وظهر من جديد المجاهد الخضر غيلان، الذي عاد من الجزائر التي قصدها طمعا في مساندة الأتراك له، بعد أن هزمه المولى الرشيد، فبلغ السلطان إسماعيل خبر قدوم الخضر من الجزائر ودخوله إلى تطوان، وكان السلطان إسماعيل حينها قد فشل في حصار مدينة تازة سنة 1084 هـ / 1673م، فاضطر إلى رفع هذا الحصار ليتوجه نحو بلاد الهبط بعد أن تلقى جيشه الهزيمة على يد الخضر غيلان. فتمكن بعدها »المولى إسماعيل« من القضاء على حركته، ودخل مدينة القصر الكبير، وتعرضت أجزاء كبيرة من المدينة للتخريب خلال هذه الفترة من جراء الحصار العسكري المدمر الذي فرض عليها. فقتله في سبتمبر 1673م ثم بعث برأسه الذي جزه إلى »فاس« المحاصرة. لما رأوا رأس الثائر الخضر غيلان أذعنوا للسلطان وأظهروا الطاعة.

وظهر ثائر جديد، وهو أبو العباس أحمد الدلائي، الذي جمع عليه بعض القبائل الأمازيغية وتمرد بين تادلا وسايس. فوجه السلطان عناصر جيشه إلى تادلا فانهزم جيش السلطان واستولى أتباع الدلائي على تادلا. فوجه لهم عناصر من جيشه فهزم هو الآخر، ثم أعقبه بعناصر أخرى انتصر عليها أتباع الدلائي مرة أخرى. ولم ينهزم أتباع الدلائي إلا عندما التقوا بجيش »فاس«، فقطعت رِوس الموتى منهم

وعلقت على الأسوار. فهرب زعيمهم أحمد الدلائي إلى بعض الجبال الوعرة، وظل بها إلى أن مات. وقد عانى الدلائيون بفاس من التضييق بسبب هذه الثورة.

ويبرر أبو القاسم الزياني قسوة «المولى إسماعيل» مع القبائل المتمردة، على اعتبار الجهد الذي كلفوه للسلطان في تثبيت ملكه في المغرب، فهي «قبائل لا تلين باللطف بل بالسيف والعنف»:

«وغلب السلطان مولاي إسماعيل منهم على أهل المغرب عربهم وبربرهم، باستعمال العسكر... وقد بلغ عددهم مائة وخمسين ألفا، فاستراحت دولة العلويين من عبث البربر نحو خمسين عامًا إلى أن مات المولى إسماعيل...، وساءت أحوال المغرب معهم إلى أن رحمهم الله بولاية السلطان سيدي «محمد بن عبد الله»، فساسهم بحمله وبحزمه... ولما بويع ولده أمير المؤمنين مولانا «سليمان» ملك وقتنا أبقاه الله، ساسهم سياسة والده بالرفق والحلم والإضاء عن هفواتهم، فأطغاهم حلمه، وأفسدهم عدله، ولم يرهف لهم جدا.»

ساعد «المولى إسماعيل» في نشأة وتطور مجموعة من الزوايا المساندة لسلطته كالزاوية الوزانية والدرقاوية والناصرية والشرقاوية وغيرهم، فكان يقوم بتقديم ظهائر التوقير للزوايا وإعفائهم من كل ما يوظفه المخزن من الكلف والفرائض، وفي المقابل تكلفت الزوايا بدعوة سكان المناطق التابعة لها إلى طاعة أولياء الأمر بالإضافة إلى عملها الديني ونشر طرقها الصوفية. وواجه الزوايا المعارضة أو الراغبة في الانسلاخ عن السلطة المركزية. وبما أن قوة الزوايا المركزية كانت تكمن في عملها اللامركزي وفي تغلغلها داخل البوادي، فقد فرض إسماعيل على جميع الزوايا أن يكون مقرها «فاس» حتى يسهل عليه مراقبتها.

تطوير الجيش:

قام السلطان بإنشاء جيش معظمه من العبيد والحراطين، كانت أكبر مراكزه محلة مشرع الرمل قرب «مكناس»، حيث استقر معظم جنود الجيش. ضمن مهامه كانت ضمان طاعة القبائل وجمع الضرائب منها. فأصدر قراره بمنع الرعية من تملك الرقيق وممارسة الحكم في مصيره، وجعل العبيد تابعين للدولة. فأصبح جيش عبيد البخاري عماد الدولة وأهم أركانها. وجيش معزول عن كل فئة اجتماعية مغربية مرتبطا بشخص السلطان فقط، دون كبير الاعتماد على تحالف أو مساعدة الشرائح الاجتماعية التقليدية كالزوايا وأعيان المدن الذين كانوا يساهمون من قبل في تزكية الحكم القائم مقابل الحصول على امتيازات، فتشكل جيش قادر على فرض مركزية الدولة الإسماعيلية بدون تقاسم السلطة مع أية هيئة اجتماعية أخرى.

كما اتخذ جيشا مكونا من القبائل التي كانت مخلصة له وكان يتكون من ثلاث فرق: فرقة أهل سوس وفرقة المغافرة وفرقة الوداية. ولأهمية الفرقة الأخيرة وكثرة ثقته بها سمى الجيش بجيش الوداية. وكانت أم السلطان من بنات المغافرة من الوداية، فكان هذا الجيش محترما لأن فيه أخواله. وكان من جيوشه جيش الريف الذي كان يتميز عند الولي إسماعيل بمكانة خاصة، حيث جرد جميع القبائل من السلاح ما عدا أهل الريف فقد تركهم وسلاحهم وكان لهم الفضل في تحرير ثغور الشمال.

أنزل السلطان قبائل الكيش من الأوداية بسايس لحراسة مدينتي «مكناس» وفاس من هجمات القبائل الجبلية، ونقل السلطان الشبانات من حوز «مراكش» إلى ضواحي وجدة للتصدي للأتراك بالجزائر ولمراقبة قبائل بني يزناسن، كما أقام في سهل تادلا قبائل من الكيش لمواجهة الأطلس المتوسط ولضمان سلامة الطريق السلطانية الرابطة بين «مكناس» و«مراكش». وبلغ مجموع قبائل الكيش ثلاثة فيالق موزعة في كل من سايس وتادلا وفي المغرب الشرقي وأطلق اسم جيش الأودايا تغلبيا على كل قبائل الكيش التي قدم لها السلطان بعض الأراضي لاستغلالها وللإستقرار فوقها مقابل الخدمة العسكرية.

الاقتصاد:

تعددت الضرائب بسبب ضعف موارد الجهاد البحري وأعشار التجارة الخارجية بالقياس للقرون السابقة، فبالإضافة إلى الزكوات والأعشار، جبيت ضرائب كالنائبة التي فرضت من أجل تحرير الثغور المحتلة ثم أصبحت ضريبة دائمة تدفع نقدا أو عيناً، وتزايدت المكوس على البضائع المارة بالأسواق وبالموانئ، وتحملت القبائل نفقات مرور الجيش على أراضيها، ومئونة الحاميات المقيمة بالقصبات، والخيول المسرجة لاستعمالها في الحركات وعند تنقلات الجند. وبعد 25 سنة من حركات المخزن الإسماعيلي، تمكن «المولى إسماعيل» من جباية الضرائب من معظم مناطق البلاد، إلاَّ أن بعض الهيئات الاجتماعية كانت معفية من أداء الضرائب كقبائل الكيش والشرفاء وبعض الزوايا المساندة للسلطة المركزية.

راقبت السلطة المركزية حركة الجهاد البحري ووجهت أغلب عائداته لبيت المال، فمنذ 1600 أخذ القائمون بالجهاد البحري يسلمون الأسرى الأوربيين للدولة التي أصبحت تستفيد من مداخيل افتدائهم، وملكت الدولة نصف السفن الجهادية ورفعت من الأعشار المفروضة على المراكب والسفن الباقية في ملك المجاهدين بهدف تقليص هذا النشاط التجاري غير العادي لضمان نمو المبادلات

التجارية مع أوروبا وأيضا للحد من نفوذ الزوايا المشاركة في الحركة الجهادية، كما ساهم التفوق التقني للسفن الأوربية في تدهور هذا النشاط.

العلاقات مع أوروبا:

يطابق عهد إسماعيل فترة حكم لويس الرابع عشر في فرنسا، فحاول مولاي إسماعيل التحالف معه إلا أنه رفض مستنكرا، واصفا إياه بالأمير نصف المتوحش، واكتفى ببعض المعاهدات التجارية مع مملكة «مراكش».

أدرك السلطان مولاي إسماعيل أن الدول الأوروبية تتحد ضد أي خطر إسلامي رغم فرقتها. كما اقترح عليه سفيره «عبد الله بن عائشة»، فكرة الزواج بالأميرة الفرنسية «ماري آن دو بوربون» ابنة «لويس الرابع عشر» ملك فرنسا الغير الشرعية، مع احتفاظها بدينها. فعرض عليها الزواج، ولكن الملك الفرنسي رفض.

وعقدت «مراكش» في عهده اتفاقية مع إنجلترا، التي كانت مسيطرة على جبل طارق بعد أن أثبتت تفوقها البحري في غرب المتوسط. وكان ممثله أمام الإنجليز التاجر المغربي «موشي بن عطار». بعد سيطرة بريطانيا على ميناء طنجة منذ سنة 1661م، استرجع السلطان «إسماعيل» طنجة سنة 1095 هـ بعد حصار طويل بقيادة قائده «أبي الحسن علي بن عبد الله الريفي»، وأثناء حصاره لطنجة عقد إمارته للقائد «عمر حدو» لاسترداد المهدية التي كانت بيد الإسبان، وكان معظم الجيش من أهل جبال الريف، استسلمت الحامية الأسبانية يوم الخميس 14 ربيع الثاني 1092هـ. وحرر العرائش من يد الإسبان سنة 1101 هـ، بعد حصارها ثلاثة شهور ونصف بقيادة القائد «أبي العباس أحمد بن حدو البطوني»، وبلغ عدد أفراد الحامية الأسبانية 3.200، أسر منهم ألفان فسيقوا إلى «مكناس» حيث استخدموا في بناء القصور وترميم البعض الآخر. وكانت العرائش قد سقطت في يد الإسبان بعد تسليمها لهم من قبل الشيخ المأمون. توجه الجيش إلى أصيلا المحتلة من قبل البرتغال فحاصرها حولا كاملا قبل أن يملكوها في السنة الثانية، وأمر السلطان بإسكان أهل الريف في هذه المدينة كما فعل من قبل في العرائش، فنهى عن لبس النعال السود وأمر باستبدالها بالنعال الصفر إشارة إلى أهمية الفتح، فقد جرى إيثار اللون الأسود في بعض الملبوسات لدى المغاربة من أصول أندلسية حزنا على ضياع الأندلس.

هذه الانتصارات المتوالية جعلت كثيرًا من الدول الأجنبية تود مصالحته فسعى الفرنسيون في ربط علاقات ودية بينهم وبين المغرب كما سعى الإسبان أيضا في التقرب إلى المغرب.

تمرد أبنائه:

سنة 1700م وزع «المولى إسماعيل» أبناءه نوابا له على عدد من المناطق. فتمرد مولاي «أبي نصر» الذي لم يتم تعيينه في أي منصب، وهاجم أخاه مولاي «عبد المالك» نائب السلطان على درعة فاحتلها، قبل أن يطرد ويتيه في الصحراء طالبا مساعدة القبائل، وانتهى الأمر بمقتله. وكان مولاي «محمد العالم» أحد أكبر أبناء السلطان علما وشأنا ونائبه على سوس، أعلن بدوره استقلال منطقته وسار نحو «مراكش» واحتلها. عندما فشلت تورثه، انتهى به المطاف قتيلا بشكل فظيع. بعدها، جاء الدور على مولاي «زيدان» الذي لم يتقبل مصير أخيه، فثار في «مراكش» رافضا سلطان والده، قبل أن يتوفى قتيلا في ظروف غامضة. بعد هذه التجربة المريرة، عزل «المولى إسماعيل» باقي أبنائه من الأقاليم التي ولاهم إياها.

يروي المولى سليمان أن «المولى إسماعيل» لما أيقن بالموت دعا وزيره وفقيهه «محمد بن الحسن اليحمدي» وقال له :

«إني في آخر يوم من أيام الدنيا، فأحببت أن تشير عليَّ بمن أقلده هذا الأمر من ولدي، لأنك أعرف مني بأحوالهم» فقال له: «يا مولاي لقد كلفتني أمرا عظيما، وأنا أقول الحق، أنه لا ولد لك تقلده أمر المسلمين، كان لك ثلاثة، المولى «محرز»، والمولى «المأمون»، والمولى «محمد»، فقبضهم الله إليه» فقال له السلطان: «جزاك الله خيرا» وودعه وانصرف، ولم يعهد لأحد».

تلك كانت بعض المعلومات البسيطة التي كنت قد قرأتها من قبل عن «المولى إسماعيل» بن الشريف، جلست أتذكرها: وتذكرت أيضًا أنه قد تزوج الكثيرات من النساء وله الكثير من الجواري وله عدد كبير جدا من الأبناء، وتذكرت أيضًا لماذا قرر بناء سجن «قارا»، وما كان الغرض منه، وهل فعلًا السجن ليس له أبواب؟ أم له باب واحد سري من يجده يصبح حرًا طليقًا؟ كما ذكر بعض المؤرخين.

كل هذه الأسئلة أريد أن أعرف أجوبتها مع تذكري لكل ما قرأت عن سجن «قارا»، سوف أحاول معرفة إن كانت هذه المعلومات صحيحة أم لا..

والآن.. يجب أن أنال قسطًا من الراحة حتى أستطيع التفكير والعمل بجهد أكبر لطهي أشهى الأصناف وأغربها لـ «المولى إسماعيل»، حتى أستطيع التقرب منه أكثر وأكثر.

الفصل الرابع

مقابلتي مع «قارا»

في صباح اليوم التالي كنت قد جهزت في ذهني بعض الأصناف الشهية التي سأقوم بإعدادها لـ «المولى إسماعيل»، وقد نالت بالفعل إعجابه كثيرًا، ففي كل وجبه كان على مدير شئون القصر أن يأتي إليَّ ويسأل عن نوع واسم الوجبة فأقوم بشرح الوجبة ولكن دون اسم لأني إذا أخبرتهم بالأسماء سأثير الريبة في ذلك، من أين لك بالأسماء وأنت تقول أنك تحلُم وتتخيل وتضع ذاك على تلك لعمل طبق، حتى كان الموقف المرتقب.

علمت أن «المولى إسماعيل» سوف يقابل «قارا» المهندس أو البَنَّاء البرتغالي الأسير الذي يبني الحبس، وكنتُ أريد أن أرى وأسمع ماذا سوف يدور في هذا اللقاء.

كان اللقاء وقت العشاء وأخذت أفكر كثيرًا، كيف لي أن أحضُر هذا اللقاء دون أن أثير أي شكوك أو ريبة؟، وجاءتني فكرة، فقررت أن يكون العشاء عبارة عن حفل شواء صغير لـ «المولى إسماعيل» في حديقة القصر حتى يأكل الطعام بعد شوائه مباشرة، فيكون له طعم أشهى ويستمتع بكل قضمه يأكلها، وبالفعل ذهبت لـ «عليّ» وأخذت أشرح له بالإشارة ماذا أريد أن أفعل، وبصعوبة أقنعته بذلك.

وبالفعل فقد نظم «عليّ» المكان الذي سيجلس فيه «المولى إسماعيل» لتناول العشاء في الحديقة وكانت أجواء الليلة ممتعة.

أما أنا فقد جهزت بعض الأصناف المختلفة للشواء على الفحم بجانب مجلس «المولى إسماعيل»، وقد اخترثُ مكانًا يوافق اتجاه الريح حتى لا أزعجه بالدخان الصادر من زيوت اللحم المتساقطة فوق الفحم المشتعل.

وحانت لحظة الصفر.. أنا أقف مستعدًا لبدء الشواء لـ «المولى إسماعيل» عندما يحضر ويجلس على كرسيه ويأمر بذلك، وعلى الطاولة الصغيرة أمامه بعض أنواع فواتح الشهية (السلطات) الغريبة الغير معروفة.

وعندما وصل نظر إليَّ وقال: ما هذا يا «عبد الله»؟ قد أخبرني «عليّ» أنها فكرتُك أن يَكون العَشاء في الهَواء الطَلق، وقد أعجبتني الفكرة، وما كل هذه الأصناف التي تبدو شهية كالعادة؟ منذ أن أتيت ولم يتكرر صنف واحد وكل صنف أشهى بكثير من الذي يسبقه، من أنت أيها الجني الصغير؟

40

فابتسمت وأومأت برأسي فقط، وعندها ظهر ذلك الشخص الآتي من بعيد، فنظر إليه «المولى إسماعيل» وابتسم وقال بصوت خافت: أتمنى أن يخبرني أنه قد انتهى، فلقد سئمت الانتظار.

ففهمت أنه «قارا».

كان شخصًا ذا بنيه وقوام متوسط، نحيفًا بعض الشيء جراء قلة الطعام ـ فقد كنت على دراية بذلك، فأنا استطيع أن أفهم إن كان جسده نحيفًا بطبيعته أم بسبب قلة الطعام ـ كان شعره أسودًا ودهنيًا وذا بشرة بيضاء مع لون عيون بني يقترب في الوصف من الرومان القُدَامى.

اقترب من «المولى إسماعيل» وألقى عليه التحية، وبجانب «المولى» مترجم للغة البرتغالية، وأنا بحكم وجودي في إيطاليا لسنوات أفهم تلك اللغة جيدًا لقربها من الإيطالية ولتعاملي مع الكثير من البرتغاليين والإسبان والبرازيليين على مدار أعوام.

سأل «المولى إسماعيل» المهندس «قارا»: هل انتهيت من البناء؟ ومتي سنعلن عن بداية استخدامه؟

أما أنا فقد بدأت بوضع بعض من قطع اللحم على النار، والمترجم يسأل «قارا».

أجاب «قارا»: لم يتبق الكثير مولاي، أسابيع قليله وسأنتهي.

غضب «المولى» لتلك الإجابة وانفعل: كل مرة أسألك نفس السؤال وتجيب نفس الإجابة، ماذا ينقصك حتى تنتهي؟

سأل المترجم «قارا» سؤالاً مختلفًا عما قاله «المولى إسماعيل» فقد قال له: يجب أن تُنهي ذلك الحبس بأسرع وقت حتى لا يقتلك.

يجيب «قارا»: لا أستطيع.. لا زلت أبحث عن مكان مناسب لصنع باب سري وأن أحفظ مكانه جيداً وأن أرسم خريطة لذلك الباب وأعطيها لأحد السجناء الأذكياء حتى يستطيعون الهرب فيما بعد، فبناء السجن معقد وعبارة عن متاهة كبيرة الحجم، يمتد لمسافات بعيدة ومعقدة بل يمتد لحدود المدينة والدهاليز والطرقات كلها متشابهة ومترابطة بحيث من يدخل ويسير فيها لا يستطيع فهم إلى أين يتجه؟ وأين وصل؟ ومن أين يعود؟ وأين يذهب؟.. أفهمت؟

أجابه المترجم: يجب أن تنتهي بأسرع وقت.

وهنا سأل «المولى إسماعيل»: ما كل هذا الكلام؟ ماذا يقول وماذا تقول؟

يجيب المترجم: لا شيء سيدي.. فقط سألته أن ينهي هذا الحبس بأسرع وقت حتى لا يُغضبك، وإن انتهى سوف يتم إطلاق سراحه كما وعدته سيدي وإلا فإن غَضِبَ «المولى» فسوف يقتلك.

فغضب «المولى» من حديثه وقال: لا تقول عن لساني ما لا تعلم.

فقاطعه: مولاي......

غضب «المولى إسماعيل» أكثر وقال: لا تقاطعني حينما أتحدث.. وهيا انصرفا من أمامي.

أشار إلى «قارا» وقال: وأنت أمامك سبع ليالي وتنتهي من ذلك.

فأومأ برأسه وانصرفا.

أصابتني الحيرة.. هل أقول للمولى وأشرح له نية هؤلاء وماذا يريد «قارا» أن يفعل؟ أو ألتزم الصمت ولا أتفوه بكلمة؟

أخذني التفكير كثيراً حتى سمعت صوت «ابن الشريف»: «عبد الله».. ما هذه الرائحة اللذيذة؟

وينظر إليَّ «علي» ويقول: إنها رائحة ذكية فعلاً يا مولاي.. إن «عبد الله» يعمل منذ الصباح لإعداد ذلك الطعام.

فيسعد «ابن الشريف» ويقذف إليه صرة من الدنانير وهو يقول: يستحق ذلك. فتركت مكاني خلف النار وذهبت إليه ووقفت أمامه مباشرة وأعدت إليه صرة الدنانير، فتعجبوا من فعلي ووجهي الغاضب، ونظرتُ إلى «عليّ» بعد أن انفعل وصرخ في وجهي: ماذا تفعل يا «عبد الله»؟

بدأت أشرح لهم بالإشارة: أنا لا أريد تلك الصُرة.. أريد أن أخبر «ابن الشريف» بشيء خطير يدبره هذان البرتغاليان.

ورأى «المولى إسماعيل» أنني أتحدث بغضب وأنني أريد أن أشرح شيئًا هامًا، وأشير إلى الرجلين الذين خرجا من حدود الحديقة.

فسأل «المولى» «عليّ»: ماذا يريد أن يقول؟ وهل يتحدث عنهم؟

أجاب «عليّ»: نعم.. إنه يقول أنهما يدبران أمراً خطيرًا.

فتعجب «المولى إسماعيل» وسأل بكل برود: وكيف له أن يعرف وهما يتحدثان بلسان آخر، بينما هو لا يقرأ ولا يكتب حتى العربية؟

فأجبتهم مشيرًا قبل أن يسألني «علي»: أنا لا أعرف كيف فهمت؟ ولكني فهمت كل كلمة تحدثا بها، فقد قالا:........

وبدأت أسرد ما سمعت منهما على «المولى إسماعيل»، فنظر إليَّ وقال: اسمع يا «عبد الله».. إن كان حديثك هذا صحيحًا وأن «قارا» يريد صنع باب سري ليسهل عمليه الهروب لكل الأسرى سيكون عقابه شديد، وتكون مكافأتك عندي كبيرة، وصرخ في وجه «عليّ» وقال: ابحث عن «الوليد» وأحضره لي حالًا وانصرف لداخل القصر، أما أنا فانصرفت إلى لغرفتي أتذكر حديثهما عن السجن المُراد بنائه، وكيف أنه بُني بالكامل تحتَ الأرض، وأن «المولى

إسماعيل» يريد أن يكون ذلك الحبس أسطورة يتحدث عنها العالم والحضارات من بعده، فخطرت ببالي وقتها مدينة «أبيدوس» في صعيد «مصر» وعن معبد «الأوزريون» تحديداً، وذلك لأنه أيضًا من الأماكن التي يتحدث عن غرابتها العالم، وعن وجود غرف ودهاليز مثيرة بها تحت الأرض أيضًا وتحت المعبد الرئيس مع وجود مياه جوفية دائمة بها ولكنها احتفظت بكل أسرارها وجمالها حتى الآن حتى أنني أفكر أن أكتب عنها شيئًا من شدة غرابتها والأساطير التي ارتبطت بها، ولكن لا أدري لماذا ربط عقلي بين حبس «قارا» و «الأوزريون» بالتحديد؟

كان يشغلني ذلك الحبس الغريب وكلام «قارا» عنه وعن المتاهة المُعقدة التي يبنيها.

حبس «قارا»

حبس_قارا/https://www.wikiwand.com/ar

حبس «قارا» ليس لهُ أبواب جانبية، هو عبارة عن مبنى تحت الأرض قليل إلى منعدم الإضاءة، بفتحات عمودية من السقف، وسلم وحيد، موجود قرب قبة الخياطين، إضافة إلى مجموعة من الفتحات الضيقة التي كان يلقى فيها السجناء وتستعمل لتزويدهم بالمؤن وإخراج القراب التي كانوا يستعملونها لقضاء حاجتهم.

من الصعب تحديد الحدود الحقيقية لحبس «قارا»، فهناك من يشير إلى أن شبكة السراديب تمتد على مساحة مجمل القصور الإسماعيلية والقصبة، وهناك روايات مبالغة تذهب إلى أن السراديب تتجاوز «مكناس» إلى مدن مغربية أخرى.

حاليا، المنشأة عبارة عن ثلاث قاعات: الأولى قليلة الإضاءة عبر ثقوب في السقف والثانية ينفذ إليها عبر نفق في جهة الجدار الشرقي أما الثالثة فهي مجموعة أروقة واسعة تتخللها أقواس ضخمة ومتقاطعة.

تميل الدراسات الحديثة إلى التقليل من الامتداد المزعوم للسجن وترجح أنه يمتد فقط تحت مساحة القصبة وتصعب احتمال امتداده تحت القصر لاستحالة تحمل القبو لثقل الكتل العمرانية (المشكلة من أكثر من طابق) حسب تقنيات البناء المتوفرة في القرن 17.

تلك بعض المعلومات التي كنت قد قرأتها أيضًا عن حبس «قارا» في بعض كتب التاريخ.

لقد كان حبس «قارا» حديث العالم لفترة بل إنه حتى الآن حديث العالم وسيظل حديث العالم دائمًا، وقيل أن بعض المستكشفين الفرنسيين حاولوا استكشافه فيما بعد ولكنهم ذهبوا بلا عودة.. نعم بلا عودة، فقد اختفوا في المتاهة داخل السجن ولم يعودوا أبدًا، وحاوَلت فرقة أخرى البحث عنهم ولكنهم أيضًا دخلوا بلا عودة، وأي شخص حاول دخول ذلك السجن لاستكشافه كان مصيره الضياع داخل تلك الدهاليز والممرات المتشابهة المتصلة..

حتى أُغلق في المستقبل نهائيًا وتُرك جزءًا بسيطًا جدًا للسياحة فقط حتى لا يُفقَد الناس بداخلة.

ويحكي عنه أهل «مكناس» الكثير من الأساطير فيقولون أنهم كانوا يسمعون في الليل صراخ أرواح السجناء الذين ألقوا فيه في عهد «المولى إسماعيل» وكانت تلك الأصوات تهز أرجاء مدينة «مكناس» وتُرعِب قلوب سامعيها.

إلى متى سيظل هذا السجن الغامض غير مكتشف؟.. فعلى الرغم أن الباحثين يمتلكون أحدث الأجهزة ذات الأشعة البنفسجية والأشعة تحت الحمراء، ومع هذا يهابون هذا السجن المرعب حتى بعد بنائه بعدة قرون.

ما علمته بعد ذلك أن «الوليد» قائد حرس القصر ـ وهو من أمهر القادة عند «المولى إسماعيل» ـ قد حضر لمقابلة بن الشريف وطلب منه أن يزرع بصاصين حول ذلك المهندس البرتغالي المدعو «قارا»، محاولين مراقبته طوال الوقت لمعرفة ما ينوي فعله.

قال «الوليد»: أوامرك مطاعة يا مولاي.. ولكن لا يوجد عندي من يتحدث البرتغالية.. وأخشى أن أحضر أحدًا من الأسرى فيصبح في صفهم ولا يقول لنا الحقيقة.

أصابت الحيرة «المولى إسماعيل» وصرخ في وجه «الوليد»: لا أدري.. أنا أريد مراقبة هذا الوغد المتآمر.

وصرخ في وجه «الوليد» مرة أخرى قائلا: أنا عليَّ الأمر وأنت عليك التنفيذ.. مهما كلفك الأمر.

وهنا دخل المسئول الأول في القصر عليهم ـ «عليّ» وقال: إن أذن مولاي، فأنا عندي الحل وعندي الشخص الموثوق فيه.

نظر «ابن الشريف» لـ «الوليد» بتعجُب ونظرا كلاهما لـ «عليّ»، ثم قال «ابن الشريف»: ومن هو؟ ومَن مِن أفرادنا يستطيع فهم أولئك الأوغاد؟

قال «عليّ»: إنه نفس الشخص الذي كشف لنا المؤامرة يا مولاي.

فقال «المولى إسماعيل»: تقصد «عبد الله»؟

قال «عليّ»: نعم يا مولاي.. إنه «عبد الله»، فهو لم يبالي من قبل بالغدر ضد مولاي وتحدث عما سمع.

فقال «ابن الشريف»: نعم يا «عليّ» والله لقد أصبت.

سأل «الوليد»: ومن هو «عبد الله»؟

فقال «عليّ»: إنه الطاهي الخاص بمولاي، وهو لا يتكلم ولكنه رجل مبارك أتاه الله مواهب كثيرة.. لا أعرف كيف أن هذا الرجل متميز هكذا. فبالله إن تحدث لكان من علماء عصره.

فقال «ابن الشريف»: هذا يكفي يا «عليّ».. أحضره فورًا.. أما أنت ـ مشيرًا إلى «الوليد» ـ حاول أن تجهز له بعض الملابس التي تشبه ملابسهم وتشرح له ماذا سيُطلَب منه بالتحديد، ثم اتركه يتوغل بينهم، فأنا على ثقة أنه سيفعلها، فهذا الشاب من أغرب ما رأيت في حياتي.

جاء «عليّ» إلى غرفتي وقال: يا «عبد الله».. إنه يوم سعدك أيها المبارك. فابتسمت وأومأت برأسي واتسعت عيناي فرحًا من شيء لا أعرفه ولكن وجدتُ نفسي أعبر بتلك الطريقة تلقائيًا.

قال لي: تعال معي.. فمِن اليوم أنت لم تعُد طاهيًا.

سرت معه للأعلى، صمت فترة ثم قال: أنت الآن ستكون بصاصًا خاصًا بالمولى.

وكنتُ أعلم أن مرادف كلمة بصاص هي جاسوس، ولكن دارت بذهني أسئلة كثيرة: جاسوس؟ على من؟ ولماذا أنا؟

وتمعنت التفكير في ترتيبات القدر، أن آتي إلى هنا، ثم في ليلة وضحاها أصبح طاهي «المولى» الخاص، وبعد بضعة أيام أصبح جاسوسًا له.

حينما وصلنا أمام «المولى» وجدت «الوليد» وفي يده بعض الملابس القذرة الممزقة بعض الشيء، وقدمني إليه «المولى» وقال: هذا هو «عبد الله».

بدأ «الوليد» الحديث ونظر إليّ قائلاً: اسمع يا «عبد الله».. أتحب «المولى إسماعيل»؟

فأومأت برأسي: نعم.

فقال: أنت قد كشفت من قبل مؤامرة ضد المولى، والآن نريدك أن تكمل المهمة، وهي أن تحاول التلاحم مع الأسرى البرتغاليين الذين يساعدون «قارا» في بناء السجن، وأن تسمع وترى وتسجل كل شيء في عقلك ثم تخبرنا به أولًا بأول.. أفهمت؟

فأومأت برأسي مرة أخرى : نعم.. ـ ولكن كيف لي أن أختلط مع هؤلاء الأسرى،
وأنا لا أشبههم حتى ـ ولكني وافقت وتمنيت أن يساعدني الله في أداء المهمة.
إن القدر يلعب في صفي، ويضعني في كل موقف أتمناه دون ترتيب.
ناداني «الوليد» وقال: هيا لأشرح لك كيف ستنخرط بين هؤلاء.
ذهبنا خارج القصر وهو يتحدث إليَّ ويخبرني بأنه في الصباح عندما يبدؤون
في توزيع وجبة الإفطار للأسرى وبينما هم يتعاركون فيما بينهم لينالوا أكبر قدر
من الطعام ستنخرط بينهم، وتبدأ في الاقتراب من «قارا» لتسمع وتري ما يفعل.

جاء الصباح سريعًا، وكانت تلك أسرع شمس تشرق في يوم عليَّ وأنا أفكر بكل عصب ووريد داخل عقلي، كنت أعصر تفكيري كما تعصر قطعة القماش المبللة حتى تفقد كل قطرة ماء بداخلها، وأفكر طويلًا.. ماذا سأفعل؟ وكيف سأقترب من «قارا»؟

بدأ الحراس في إحضار وجبة الإفطار وقذفها على الأسرى.. ـ ولم أكن أتخيل أبدًا ذلك الموقف من قبل ـ وبدأ الأسرى في العراك فيما بينهم حتى ينال الأقوى منهم أكبر قدر من الطعام، ولكن.. لا يوجد طعام من الأساس فقد كان عبارة عن خبز مقدد لا تستطيع حتى مضغه أو تكسيره بأسنانك، و«قارا» كان يأكل من نفس الطعام أيضًا، هنا خطرت لي فكرة، فتسللت سريعًا إلى المطبخ وأحضرت بعضًا من الحليب في وعاء ووضعت به قليلًا من العسل، وعدت مرة أخرى للخارج، وبحثت عن «قارا» حتى استقرت عيناي عليه، ووقفت بجواره وابتسمت، ثم رفعت يدي بوعاء الحليب له وعرضت عليه بعضًا منه، نظر إليَّ ولم يفهم ماذا أقصد، فتحدثت إليه بأن يقوم بتكسير الخبز إلى قطع صغيرة ثم يضعها داخل الحليب ويتركها قليلًا من الوقت حتى تتشرب من الحليب وتلين ويستطيع أن يأكلها، كانت هذه الفكرة آتية من مستقبلنا ـ مستقبل الكورن فليكس ـ فعل «قارا» ما شرحت له حرفيًا، وعندما بدأ يأكل كانت عيناه تضيئان من السعادة والاستمتاع بوجبة الإفطار خاصة الحليب والعسل، فنظر إليَّ قائلاً: من أين لك بالحليب والعسل؟

فقلت: لقد سرقته، فأنا من حين لآخر أذهب إلى المطبخ وأسرق بعض الفتات أو ما أجده وأخلطه مع طعامي حتى يصبح له طعم آخر مقبول وأستطيع ابتلاعه.

قاطع حديثنا صوت البوق معلنًا عن بداية يوم العمل لاستكمال البناء في السجن، وظل «قارا» يسألني أكثر من مرة: ألم نلتق من قبل؟

أقول: لا.

فيسأل مرة أخرى وأنا أجيب بلا، أو أنه من الممكن أن نكون قد التقينا فأنا من ضمن جيوش البرتغال ومن ضمن من يساعدونك أيضًا في البناء، فلم يقتنع، ولكنه نظر إلي وقال: هيا بنا.

واتجهنا للسجن حتى نكمل العمل، وهنا أيضًا أصابتني الحيرة لما تفعله الأقدار، فأنا الآن بجانب «قارا» كتفًا بكتف، ولابد أن أعرف أسرار هذا السجن المرعب، وبدأت في مراقبة «قارا» وأتحدث معه طيلة الوقت، ولكني كنتُ حذرًا حتى لا يراني أحد، ـ فإنه من المفترض أني لا أتكلم.

والآن دخلت إلى ذلك السجن بنفسي، وكنت أتساءل من قبل كيف سأدخله في يوم ما، وبدأت أرى «قارا» يرسم أشياء كثيرة ويركز في كل التفاصيل من حوله، بينما أنا أترقب ما يفعله لحظة بلحظة، وأحاول فهم هذا السجن، إنه فعلًا عجيب،

فقد كان السجناء لا يفهمونه أيضًا، إلا «قارا» فقد كان يفهم كل شبر من كل تلك المساحة الجبارة، بالطبع لابد له أن يحفظه عن ظهر قلب، فهو من قام بتخطيط كل شبر فيه.

أما أنا فأنظر لكل تلك الدهاليز والفتحات والطرقات، إنها مهولة وشاسعة ومتشابهة ومترابطة، وكلها بنفس كيفية الرسم والمساحات كلها متساوية، فأيقنت أن كل ما قرأناه عن ذلك السجن المرعب كان حقيقيًا.

وكان «قارا» قد اختار مكانًا للباب السري يقع بعيدًا جدًا عن حدود القصر، كان يريد أن يبني حائطًا أصمًا كباقي السجن ولكن حدوده محددة ومجوفه حتى إذا دفعه شخص ما أرداه بلمسة يد.

حفظت مكانه في مخيلتي، ولاحظ «قارا» أنني أسير معه وأفعل كما يفعل هو وأعد الخطوات التي يسيرها يمينًا أو يسارًا، للخلف وللأمام، فقال: أنت ذكي وسريع البديهة، ولذلك سأخبرك بكل شيء وأعلمك بمكان الباب حتى تستطيع أن تنقذ زملائك من قسوة ذلك الرجل ـ وكان يقصد «المولى إسماعيل».

وقعت وقتها في حيرة، كيف لي أن أغير قدر هذا الرجل في الماضي؟ فمن الممكن أن يُقتل بدلاً من أن ينال سراحه، أو هل كشف سره أحد غيري؟ وما تعلمته أنني لا أستطيع تغيير قدر أحد في الماضي.

أخذني ذلك التفكير عميقًا إلى أبعد حد حتى فكرت في «المولى إسماعيل»، هل سأخبره بمكان الباب؟ أم سأخفيه وأغير حقيقة الأمر؟.. لا أدري، ولكنني بعد تفكير عميق قررت أن أخبره بكل شيء، ولكني سأخبره أيضًا أنني لا أستطيع الوصول لذلك الباب لعل أحدًا يصل إليه فعلًا ويستطيع الهرب منه في يوم من الأيام.

الفصل الخامس

كشف المؤامرة

الآن وبعد أن عرفتُ كل شيء وراقبتُ «قارا» عدة أيام كان أثناءها يتحدث معي كثيرًا، وكان يشكو لي إحساسهم بالأسر وسلب حريتهم والمعاملة السيئة، كنت أريد من داخلي أن أقاطعه أن هذه ليست وحشية، فالوحشية هي احتلال أرض ليست أرضك، وإن بلادكم حاولت سلب خيرات هذه البلاد، فأنتم من بدأتم منذ زمن بعيد، كل بلاد الغرب هي من بدأت اقتحام بيوتنا وأراضينا واحتلال حرياتنا وسلبنا حقنا في عيش كريم حر، كنتُ أود أن أخبره كم طغت قلوبكم علينا، وقتلتم الكثير من أبناء بلادنا، وسلبتم خيراتنا لمئات السنين، كنت أود أن أخبره أن الشعوب العربية مسالمة بطبعها ولا تطمع في أراضٍ ليست لها، لا لشيئ إلا لأن بلادنا قد أنعم الله عليها بالخير الوفير، وعلينا التصدي لكم، من هو الظالم إذاً بعد أن ظلمتمونا قرونًا عديدة على مر العصور، والتاريخ لا يكذب أبدًا... لكني لم أستطع فعل شيء إلا أن أجاريه في أفكاره ومعتقداته بأن «المولى إسماعيل» ظالم، ولكني استطعت أن أقول: حمدًا لله على أنه لم يقتلنا وتَركنا أحياء.

لكنه صدمني بإجابته حينما قال: وأي حياة تلك وهو يبني هذا السجن حتى نموت فيه ويموت إخوانك فردًا فردًا، أي حياة تتحدث عنها وهم يعيشون تحت الأرض حتى يلفظون أنفاسهم جميعًا.

فقلت: أنت من بنى السجن.. ليس هو.

نظر إليَّ قائلًا: نعم.. ولكني بنيته كما طلب مني.

فأجبته بحدة: نعم.. هو أمر ببناء سجن عظيم، ولكن، أنت من خطط السجن، ورسمتَ وبنيتَ، وكل شيء تحت إشرافك، وأنت من قررت أن يخلد التاريخ اسمك ببنائك السجن بهذه الطريقة، لا أنكر أنك بَنَاءٌ ماهر، وسوف يخلد التاريخ اسمك على مدى قرون قادمة ولكن.. هذه الجريمة لها أكثر من فاعل، يتحمل فيها «المولى إسماعيل» الربع فقط لطلبه بناء ذلك السجن، وأنت تتحمل الربع الآخر لتخطيطك وتفكيرك في بناء السجن بهذا الشكل...

فقاطعني: يبقى النصف، فمن يتحمله؟

نظرت إليه وقلت: غرورك.. غرورك نعم إنه غرورك من يتحمل هذا النصف لأنك لم تفكر في أحد سوى نفسك.. وتخليد اسمك، ونسيت إخوانك وأبناء بلادك وأنت تبني وترسُم وتخطط.

فقال: أنا لم أنساهم بل صنعت لهم بابًا سريًا حتى يستطيعون الهرب، وأنت الوحيد الذي استطاع أن يحفظ الخطوات المؤدية إليه فيصبحون أحرارًا معك.

فسألته: وهل تظن فعلًا أن «ابن الشريف» سوف يطلق سراحك كما وعدك؟

فقال: ولم لا؟.. لقد وفيت، وفعلت ما طُلب مني.

فقلت له: قبل أن أنام أتمنى ذلك.

وذهبت في نوم عميق حتى الصباح، وحينما أصبحت كانت المفاجأة المنتظرة، فتسللت إلى داخل القصر حتى أخبر «المولى إسماعيل» و «الوليد» بما حدث وما علمت، إلا إنني صُعقت وفرحت في نفس الوقت.

صُعقت حينما رأيت ذلك الأسير البرتغالي يحاول أن يشرح للمولى إسماعيل أن «قارا» يخطط لشيء ما ويخبره عني أيضًا، أنني مرافق لـ «قارا» وأننا نفعل شيئًا مريبًا.

هنا صعقت.. إن بينهم خائنون، وكل من واتته الفرصة يخون عشيرته حتى ينقذ نفسه فعل، وفرحت عندما شعرت أنني لست مَن سيغير شيئًا في الماضي.

إذاً فبينهم خائنون، و«ابن الشريف» على عِلم بكل شيء، والأهم أنه علم منهم وليس مني، وما أنا إلا خطوة متأخرة بين الخطوات.

كنت أسمع كلام الأسير، وأنا أنتظر بالخارج حتى لا يراني، وحينما انتهى وخرج دخلت على «ابن الشريف»، وبعد تقديم التحية له هو و «الوليد» ابتسم في وجهي وقال: أهلا «عبد الله».. هل توصلت لشيء؟

فأومأت برأسي له: نعم.

فقال «الوليد»: يا «عبد الله» أتظن أنك الوحيد الذي يوافينا بأخبار الأسرى وأسرار «قارا»؟ فكل منكم يتلصص على الآخر حتى نأمن شرهم أو شركم جميعًا.. فمن أنت يا «عبد الله»؟ فلقد عرفنا أنك تتكلم، بل وتتكلم بلسانهم.. فتحدث وأخبرنا من أنت؟ ولماذا تساعد «المولى إسماعيل»، وإن كنت خائن فلماذا لم تقتل «ابن الشريف» بوضع السم في الطعام؟ وإن كنت خائنًا فلماذا تساعدنا بتلك الهمة والنشاط؟ وإن كنت صديق.. فلماذا تدعي أنك أبكم.

فتحدثت وقلت: أسألك الأمان يا مولاي «إسماعيل» قبل أن أتحدث.

وعندما سمع الشريف لهجتي نظر إلى «الوليد» وقال: أليست هذه هي اللهجة المصرية؟

قال «الوليد»: نعم مولاي.

فعاد ونظر إليّ وقال: إذاً فأنت مصري ولا يوجد بيننا وبين «مصر» أي عداء، فمن تكون؟ ولك الأمان يا «عبد الله».

بدأت أروي قصتي له، وما حدث لي يومًا بيوم وليلةً بليلة، كان أثناء ذلك ينصت بكل اهتمام، وحينما انتهيت من حديثي ضحك كثيرًا وقال: إذاً أنت لست مبارك كما فهمنا، بل أنت مجنون، هل يصدق بشر هذا الكلام، تسافر عبر الزمن من البرق وتعود للوراء!!! وأنا سيخلدني التاريخ من أجل حروبي وتحريري لبلاد المغرب! وبنائي للسجن، وسيأتي....

فقاطعته: مولاي.. أتأذن لي أن أريك حجتي.

قال: نعم.

فطلبت الاستئذان حتى أذهب لغرفتي لأحضر الدليل، فوجدت «الوليد» يقول: لا حاجة لك بالذهاب إلى هناك، أتبحث عن هذا؟

وجدته يُخرِج هاتفي من بين طيات ملابسه، فقلت: نعم، أتأذن لي؟

فنظر للمولى فأذِن له أن يعطيني إياه〉

فقلت: مولاي.. هذا يسمى الهاتف. وشرحت له في دقيقتين ما هو الهاتف، وكيف وصلنا لهذا الاختراع، وكيف يعمَل، وكان الهاتف لا يُفتَح إلا ببصمة العين فنظرت إليه فأضاء، فتعجب وأصابه الذهول مما يرى، ثم بدأت في عرض الصور وفيديوهات المسجلة على الهاتف لإثبات صحة كلامي.

فتعجب أكثر ثم سألني: إذا كان كل هذا صحيحًا.. فماذا تفعل هنا؟

فقلت: الإجابة المؤكدة التي أعرفها الآن يا مولاي إنني هنا حتى أرى بنفسي بناء السجن، وأن أتقابل معك ومع «قارا» حتى أعرف ما كان يحدث في هذا المكان، وأستطيع أن أنهي كتابي بقصص حقيقية رأيتها بنفسي، ولا أدري لماذا اختارني القدر للرجوع والسفر عبر الزمن ولأصل إليكم وأعرف حياتكم وكيف كانت تسير الأمور

فنظر «المولى إسماعيل» لـ «الوليد» وقال: يوضع في مكانه مع حارس، ولا يذهب لأي مكان حتى أقرر ماذا سأفعل في أمره.

بالفعل وضعوني في الغرفة أسفل القصر بجانب المطبخ، وعينوا لي زوجًا من الحراس أمام غرفتي حتى لا أذهب إلى أي مكان.

وكان «المولى إسماعيل» أثناء حديثي معه قد أمر «الوليد» أن يُحَضر لاستعمال السجن في ذلك اليوم، كما أمر «الوليد» بأن يكون «قارا» هو أول سجين في السجن، وأن تُسحَب منه جميع الخرائط حتى لا يستطيع الوصول للباب السري، وأن يعصبوا عينيه ويلقوه من إحدى الفتحات العلوية، وأن تكون في منتصف السجن حتى لا يعرف «قارا» بالأسفل أين هو وفي أي نقطة بالتحديد، ذلك

لأنه خان اتفاقه مع «المولى إسماعيل»، ولكني علمت أيضًا أن «ابن الشريف» لم يكن ينوي أن يطلق سراحه حتى لا يعود إلى بلاده ويخبرهم بحال وعدد الأسرى والسجن الذي تم بنائه، فيعدون له العدة ويعودون بجيش جرار.

أنا الآن أفكر فيما سيفعل بي «المولى إسماعيل»، وقد حل المساء وأخذني الحراس للأعلى، ووجدت نفسي أمام «ابن الشريف» مرة أخرى وكانت آخر كلماته لي: اسمع يا «عبد الله».. إن كان كلامك صحيحًا فسوف تتمكن من الهرب أو السفر مرة أخرى، وإن لم يكن فيجب أن تكون برفقة صديقك «قارا» حتى لا يصيبه الملل داخل السجن.

وأشار بيده لـ «الوليد» أن يأخذني، ووجدت الحراس يضعون عصابة على عيني، ولم أعد أرى شيئًا، أشعر فقط بخطواتي الثقيلة وأنا أسير معهم ولا أدري إلى أين، سوف أكون أول سجين في سجن «قارا»، هل سأنجو؟ أم أن المطر سيهطل ويأتي البرق فينقذني؟ ولكني أشم رائحة الهواء، رائحته نقية لا تظهر فيها أي أجواء شتوية أو بوادر ليلة ممطرة.

وحينما توقفنا فكوا وثاق يدي وألقوني من فتحة علوية وكانت أطول مسافة سقطتُ منها في حياتي، وذلك لأني لا أعلم متى سأصطدم بالأرض.

اصطدمت بالأرض شاعرًا بألم كبير في قدماي، وارتفع الألم من قدمي إلى رأسي حتى أصابني ألم شديد وظننت أن رأسي ستنفجر ويخرج الدم من وجهي، لكني أزحت وثاق عيني بيدي ونظرت من حولي فوجدت «قارا» جالسًا تحت عمود في أحد الدهاليز مستندًا بظهره إلى الحائط ثانيًا ركبتيه وضامهما بيده، كان مرعوبًا وخائفًا وعندما رآني فرح وابتسم، وهرول إليّ وقال: الحمد لله أنه أنت.. فأنا لا أستطيع تذكر مكان الباب السري، لكنك تتمتع بذاكرة...

قاطعت حديثه بأنني لا أتذكر شيئًا لأنني لا أعرف في أي نقطة نحن داخل السجن، فظهرت على وجهه علامات اليأس والخوف في نفس الوقت، فحاولت بث الطمأنينة داخله، ولكن دون جدوى فقد كان الخوف من الموت يسيطر على عقله، ولكن فكره الموت بالنسبة لي كانت مختلفة حتى وإن لم استطيع الخروج، ففكرة الموت عند المسلمين فكرة مقدسة وإيمان بالله واليوم الآخر، والموت حق يأتي عندما ينتهي عمر الإنسان ولا يستطيع أحد أن يسلب حياة آخر أو عمره، فكل شيئ مقدر بيد الله وحده.

قررت الجلوس بجواره حتى أنال قسطًا من الراحة فقد كان يومي ملئ بالتوتر والقلق والتفكير حتى أصاب جسدي وعقلي الإرهاق الشديد، فقررت أن أخلد للنوم وألا أفكر في شيء حتى أستطيع التفكير جيدًا في اليوم التالي، وحتى استطيع تهدئه «قارا» لنبدأ رحلة البحث عن باب الخروج.

الفصل السادس

البحث عن المخرج وانهيار «قارا»

مرت علينا ليلة عصيبة كانت من أطول وأصعب الليالي وأنا أفكر طيلة الساعات المظلمة في السجن المخيف وأشعر ببرودة المكان القارصة و «قارا» قد غلبه النعاس من شدة البكاء والخوف من أن يموت وينتهي به المطاف في هذا السجن، أما أنا فلم يقترب مني النوم من كثرة التفكير وآلام الرأس الشديدة، ومع أني كنت غاضبًا بشدة مما يحدث ولكن كان هناك ما يغضبني أكثر ويُحزن قلبي، إنه هاتفي النقال فقد أخذه مني «الوليد» بعد حديثي مع «ابن الشريف»، وكنت قد سجلت عليه ما حدث طيلة هذه الرحلة القاسية التي لا أعلم إن كنت سأعود منها، أم أن هذا المكان هو نهاية المطاف؟

بدأت أسمع قرقرة معدتي من شدة الجوع، ولكن من الممكن أن أتحمل أكثر، فلم تمر سوى ليلة واحدة وبدأت أقف وأركز في الدهاليز والممرات لعلني أتذكر شيئًا مما رسمته في ذاكرتي قبلًا وأن آخذ بعض الخطوات المعدودة للأمام أو للخلف، تارة يمينًا وتارة أخرى يسارًا، ولكن دون جدوى فكل الدهاليز والممرات متشابهة بدقة بشكل مخيف فلا تستطيع التفرقة بين ممر وآخر فقد صنعها «قارا» متشابهة بدقة شديدة، وبينما أحاول اكتشاف المكان وجودنا سمعت صوت «قارا» يناديني فأجبته: أنا هنا.. ابق مكانك وسآتي إليك.

وعندما رآني أمامه انفجر غاضبًا: أين كنت؟ لا تتركني وحدي في هذا المكان المخيف.

فقلت: ألم تفكر في أن هذا الرعب سوف يصيب زملائك حين يُلقَون في هذا المكان الموحش؟ ألم تفكر في الخوف الذي سيصيبهم وهم يحاولون الخروج أو البحث عن مخرج لما هم فيه؟

نظر إليّ وقال: لا لم أفكر، والآن أتذكر ما قلته لي بالأمس القريب أنني كنت أفكر فقط في نفسي وفي إطلاق سراحي، وكنتُ سعيدًا بوعود «ابن الشريف» لي، فقد وعدني أنني إن صممت وبنيت هذا السجن فسيطلق سراحي، فأتقنت بنائه حتى كنتُ أول سجين فيه، ولكن الغريب كيف عرف «ابن الشريف» ما كنت أفكر فيه وما كنت أفعله؟ وكيف عرف قصه الباب السري؟

فأجبته على الفور: أنت يا «قارا» مهندس بارع، ولكنك غبي، ألم تفكر أن «المولى إسماعيل» كما عرض عليك إطلاق سراح مشروط كان من الممكن أن يعرض على الأسرى الآخرين التلصص عليك مقابل إطلاق سراحهم! وأي أسير منهم سوف يفرح كما فرحت أنت بوعد إطلاق السراح، ولكن «المولى إسماعيل» هو الأذكى إذ استطاع أن يفرق جماعتكم، ومع أنكم جميعًا أبناء جيش واحد إلا أنه ليس بينكم ولاء ولا انتماء، فكل منكم يفكر في نفسه فقط.

نظر إليّ «قارا» ولم يتفوه بكلمة واحدة وكان يعلم من داخله أن كل ما أقوله صحيح.

لكني سألت نفسي: كيف يسجن «قارا» هنا والتاريخ مسجل فيه أنه أطلِق سراحه؟ لا أعلم ولكن ما أعرفه الآن أنه هنا معي داخل هذه الدهاليز المميتة، فهل من الممكن أن يكون ما سُرد من قصه بناء السجن وما حدث لـ «قارا» ناقصًا؟ فالقصة بأكملها في المستقبل ناقصة بعض الشيء، ويذكر في الكتابات كثيرًا كلمة «ويقال» وهذا معناه أنهم قد سجلوا ما كانوا يسمعونه والقصص المتواترة من قبل عن قصة السجن، ولكنهم لم يستطيعوا معرفة كل شيء.

تركت ذلك التفكير وسألت «قارا»: هل تستطيع أن تركز معي وتتذكر أي شيء؟.. أي علامة نستطيع من خلالها الوصول للباب.

نظر إليّ والحيرة تملأ عينيه وقال: لا.. من دون الخرائط لا أستطيع التركيز.. وأيضًا من دون نقطه البداية لا أستطيع معرفة أين نحن الآن حتى انحراف طريق الصعود للباب لا أستطيع الوصول إليه.

وقعت على أذناي كلمة انحراف ولم أفهم، فسألته: عن أي انحراف تتحدث.

فقال: وقت بنائي للممرات والدهاليز وعندما فكرت في صنع الباب وخوفي من أن يكتشفه أحد صنعتُ انحرافًا للأعلى من بعد نهاية حدود القصر بمسافة انحدار بسيطة خلال السير لدرجة أن الشعور بها مستحيل ويستمر الانحراف بمسافة طويلة مع الحفاظ على المسافة التي تفصل سقف السجن من أرضه حتى يصل الانحراف في وضعه الأخير لمكان الباب متوازيًا مع سقف السجن...

هنا قاطعته بسؤال: أتقصد أن باب السجن ليس في جانب من جوانبه وأنه في الأعلى؟

فقال: نعم في الأعلى حتى إذا قام السجناء بكسر مكان الباب الضعيف تسقط عليهم بعض رمال الصحراء المتراكمة فوق الباب وهنا يقومون باستعمال الرمال المتساقطة والمتراكمة أسفل الفتحة بالصعود عليها والخروج للهواء الطلق والشعور بالحرية.

نظرت للرجل وهو يشرح لي كيفية بناء الباب بكل إعجاب، أعجبت بطريقة تفكيره وعبقريته في التصميم والحساب، ولكن استوقفني شيء، فسألته: ولماذا لم تقل لي هذه المعلومة من قبل؟

نظر إليَّ مستنكراً سؤالي: لأنه لا يهم.. إنني فقط أخبرتك عن طريقة الهرب ولكن طريقة البناء غير مهمة لمن يتشوق لاستنشاق نسيم الحرية بعد الأسر.

فهمت مغزى كلامه وجلست بجواره نفكر سويًا ماذا سنفعل وهنا سألني «قارا»: الآن وقد عرفت كل شيء فمن تكون أنت؟ أنا لا أعرف عنك شيئًا غير أنك أسير فقط ولم اقتنع قط بأنك أسير برتغالي، نعم تتحدث لهجتنا ببراعة، ولكن لهجتك في الحديث مختلفة، وأنا أعلم من البداية أنك لست من ضمن فصائل الأسرى البرتغاليين.

أخذت شهيقًا طويلًا وأخرجته بتنهد يملأه الصبر على ما وصلت إليه وبدأت أسرد له القصة من بدايتها وحتى وصلت إلى أن أكون معه في هذا المكان.

بعد أن انتهيت أومأ برأسه ولم يتفوه بكلمة، فقلت: أتصدق؟ أم أن كلامي غريب وأني مجنون كما وصفني بعض من سمعوا القصة.

فقال «قارا»: ليس بكلامك غرابة.. بل إني أصدق كل كلمة تقولها لأنني سمعت بعض القصص من قبل عن الانتقال عبر الزمن والرجوع أو التقدم بالوقت ولكنني أصدقها الآن لأنني قد قابلت واحدًا ممن ينتقلون عبر الأزمان؟

فقلت. الحمد لله على أنك صدقت القصة من أول مرة دون أن أقدم لك دليل كما فعلت من قبل مع كل من رويت لهم قصتي.

فسألني: وأين دليلك؟

فقلت مع «الوليد»: إنه هاتف نقال به كاميرا للتصوير وتسجيل الأحداث بدقة وكان هو دليلي على ما أقول بعد أن يشاهدوا لقطات للأبنية والشوارع والأماكن في المستقبل.

وفي هذه اللحظة سمعنا صرخات الأسرى داخل السجن، فقد بدأ «المولى إسماعيل» بإلقائهم من الفتحات بالأعلى إلى داخل السجن واحدًا تلو الآخر وكانت صرخاتهم تعلو وكنا نسمعها بوضوح.

حاولنا الوقوف والسير ببعض الخطوات المحسوبة بدقة حتى لا نفقد مكان وجودنا ولكن دون جدوى، فلم نر أيًا منهم، فقط نسمع صدى صراخهم يعلو ويعلو وهم يستغيثون بمن في الأعلى أن ينقذوهم ويخرجوهم، ولكن لا حياة لمن تنادي، فقط ضحكات الجنود وصوت القهقهة المرتفعة التي تأتينا من أعلى ونسمعها جيدًا من فتحات السجن.

نظرت لـ «قارا» وقلت: كيف لك أن تنقذهم الآن وأنت لا تستطيع أن تنقذ حتى نفسك؟

فقال لي: أو تستطيع أنت أن تساعد نفسك؟

فتعجبت من سؤاله ولكني أجبته: نعم أستطيع وسترى بنفسك إن شاء الله في خلال الأيام أو الليالي القادمة.

كنت على يقين من مساعدة الله، وأن القدر لم ينهِ قصته معي حتى الآن وأن في القريب العاجل ونحن بين ليالي الشتاء القارص مع أول ليلة ممطره إن نظرت إلى البرق في السماء من خلال الفتحة التي تعلوني فسأخرج من مكاني، ولكن إلى أين؟ لا أعلم.

وهنا سمعت صوتًا يأتي من الأعلى، كان «الوليد» ينظر إليّ وقال: أنت أيها المسافر.

نظرت إليه فإذا هو يلقي إليّ بحبل به بعض العُقَد، وقال: اصعد إلى هنا فـ «ابن الشريف» يريدك.

فرحت أنني سأخرج وشكرت الله في سري على خروجي وقلت في قرار نفسي إن «ابن الشريف» قد قرر أن يعتقني من هذا السجن أو أنه سيعرض عليَّ أن أكون الطاهي الخاص مرة أخرى.. وأن.. وأن.. وأن.......الخ

صعدت للأعلى، وسِرت بخطى بطيئة في اتجاه القصر مع «الوليد» حتى وصلنا أمام «ابن الشريف إسماعيل».

نظر إليّ وقال: هل كانت ليلتك ممتعة داخل تلك الدهاليز برفقة صديقك؟

فقلت: أي متعة مولاي وأنا أفكر في موعد وصول ملك الموت لقبض روحي! وأي رفقة مع خائن لعشيرته! مولاي «إسماعيل» إني أطمع في كرمكم بالعفو عني وإني لم أخطئ في حقكم في شيء.

فقال: نعم.. إنك لم تخطيء وفعلت ما أمرت به ولكنك أخفيت مكان الباب.

قلت: مولاي.. إن كنت أعلم مكان الباب أو كان «قارا» يعلم مكانه فلماذا وجدتمونا في نفس المكان الذي ألقينا فيه؟ إن كنا نعرفه لكنا بالخارج الآن.

نظر إليّ وقال: إجابة منطقية.

ثم قال: اسمع يا «تامر».. قلت لي إن اسمك الحقيقي «تامر»؟

أجبته: نعم مولاي.. صحيح.

قال: اسمع.. لم أحضرك الآن لأنني عفوت عنك.. بل لأنني أريد أن أعرف ماذا حدث في المستقبل من بعدي وماذا سيحدث لي.

فكرت أن أسرد له كل ما سيحدث في المستقبل بشكل مطول جدًا حتى أنال بعض الوقت لكي أفكر ماذا سأفعل بعد السرد، فقلت له: نعم.. ولكني استأذنك في طلبي.. إني جائع جدًا وظمآن، ولا أستطيع التركيز وأنا على هذا الحال.

فقال لـ «الوليد»: خذه حتى يأكل ويشرب، وعندما ينتهي أحضره هنا.

أخذني «الوليد» للأسفل وتركني بالمطبخ حتى آكل وأرتوي ببعض الماء وبعد أن فرغت من ذلك استأذنته في أن استحم وأبدل ملابسي بملابس نظيفة، فكيف لي أن أكون بحضرة «ابن الشريف» بهذه الملابس القذرة، فأذن لي، وانتهيت من ذلك ثم رجعت إليه فأخذني إلى الأعلى عائدين لـ «المولى إسماعيل» حتى أبدأ سرد ما سيحدث بالمستقبل وما وصلت إليه البشرية من بعده، فقد كان متشوقًا لمعرفة كل شيء.

الفصل السابع

عودتي للسجن

جلست بجانب «المولى إسماعيل» وبدأت أحكي ما حدث من بعد توليه الحكم ووفاته وتولي مَن بعده ومَن فعل ماذا، لكنه لم يهتم لأي شيء مثلما اهتم عندما بدأت أحكي له عن الأوبئة والحروب، وقد كان العالم لم ينتهي بعد من الطاعون الإيطالي في منصف القرن السابع عشر وعلى مشارف وباء الكوليرا، وبينما أنا أتحدث كان هو يسألني عن بعض النقاط وتستوقفه أشياء مهمة، مثل كيف تخلص العالم من وباء الكوليرا؟ أو لماذا كان ينتشر الوباء كالنار في الهشيم، وأنا كنت أخبره بما قرأت، فأنا أيضًا لم أر شيء في تلك الحقبة، وعن كيفية اكتشاف الحجر الصحي ومضادات الفيروسات وأدوية الأمراض الخطيرة التي ظهرت في العصر الحديث، وعندما وصلت للأنفلونزا الإسبانية وأخبرته عنها وعن أعداد الذين لقوا حتفهم جراء ذلك الفيروس وقتها لم يصدق بل وقال: إن العالم أجمع إن دخل في حروب لمدة عام لن يُقتَل مثل هذا العدد.

فقلت: نعم.. أتعلم يا مولاي أن الحروب لن يستخدم فيها السلاح وإنما أصبحت حروبًا بيولوجية.

فقال: وما هي الحروب البيولوجية؟

فشرحت له كل شيء عن الحرب البيولوجية وأعداد القتلى المحتملين في مثل هذه الحروب، فقد عاصرت بنفسي فيروس «كوفيد» حينما أغلق العالم أجمع لمدة تقترب من العامين، حيث تفشى الفيروس في العالم بسرعة رهيبة، ولا أستطيع أن أجزم أنها كانت حربًا بيولوجية على العالم بأسره وقتها.. أم إنها مؤامرة على دول معينة ثم فقدت السيطرة على الفيروس في وقتها وانتشر في العالم بأسره.

وأخذته الدهشة حينما تحدثت عن الحروب واستعمار الدول العربية وضياع بيت المقدس وقيام دولة إسرائيل بتخطيط من إنجلترا ومساعدة أمريكا فيما بعد، ولم يصدق حينما أخبرته أن أمريكا سوف تقود العالم وتتحكم في كل شيء، ففي ذلك الوقت لم يكن لأمريكا وجود وكانت مشغولة بصراعاتها الداخلية، فلقد بدء تأسيس الولايات المتحدة الأمريكية بعد قرابة السبعين عامًا من ذلك العام، لهذا كان يستنكر كلامي، كيف يكون لدول لم تؤسس بعد ثم في ظرف المائة وخمسين عامًا من بعد تأسيسها أن تحتل العالم!!، بل وتتحكم في العالم وتؤثر على كل شيء،

ولكنه قال شيئًا أعجبني فقد قال: إن قوة الخصم لا تأتي إلا من خلال ضعفك، فإذا شعر الخصم بضعف مَن أمامه احتله وهزمه شر هزيمة، وأسره تحت قدميه وإنك إن أردت أن تخرج من أسرك لابد من التغلب أولًا على نقاط ضعف خصمك واكتشاف الوسيلة للتخلص من الأسر، وأنه لابد لك من حليف ومساعدة خارجية وتلك المساعدة سوف تكون بمثابة الدَفعة البسيطة للتخلص من الأسر وعليك أن تكمل معركتك بنفسك وتُظهر للعدو أنك استعدت قواك، هكذا يكون النصر، فاعذرني إن قلت لك إن صعود دولة حديثة الإنشاء على أكتاف العالم بأسره ـ كما تزعم ـ لم يتم إلا عندما شعرَت بضعفكم، فأنتم من أعطيتموهم السلاح الذي هزموكم به، فإذا كنتم قد أعطيتموهم السلاح وأشعرتموهم بضعفكم واستسلامكم للهزيمة حتى دون معركة فلماذا تتذمرون مما أنتم فيه؟

وعندما أخبرته عن تطور الأسلحة في المستقبل والوصول للقنابل النووية والهيدروجينية وكيف أن قنبلة واحدة يمكن لها أن تنهي حربًا كبيرة في لحظات وتمسح مدنًا بأكملها ومن يبعد أميالًا وأميال، وأن من ينجو منها تصيبه تشوهات مرعبة.

أثارت كلماتي عن تلك القنابل فضول «ابن الشريف» وأراد أن يعرف أكثر وأكثر ورأيت في عينيه الرغبة في أن يستطيع صنع تلك القنابل ليدمر مدنًا بها، ولا أدري لماذا يريد بعض الحكام ـ إن استطاعوا ـ أن يبيدوا بشرًا ليس لهم ذنب إلا غباء حكامهم.

وأكملت الحديث عن الحروب العالمية التي سوف يمر بها العالم في المستقبل مخلفة الدمار وموت ملايين البشر فقط لاستعراض القوة بين الدول، وكل منهم يريد أن يجلس على عرش العالم، حتى وصلنا إلى مشارف الحرب العالمية الثالثة التي كانت بداياتها بسبب الحرب الروسية الأوكرانية، ولا أدري ماذا يحدث الآن في المستقبل؟

وبعد أن انتهيت من سرد كل تلك الأحداث وجدته يخرج هاتفي النقال من أسفل كرسيه وقال: حدثني عن هذا.

فقلت هذا.. ما هو إلا تقدم تكنولوجي لاختراع صُنع في المستقبل يسمى الهاتف، وفتحت الهاتف وبدأت أشرح له البرامج، ومعنى كلمة تخزين وذاكرة وسرعة انتقال المعلومات في المستقبل، وكيفيه وجود بعض الأجهزة غير المراقبة والتي تستعمل في الجاسوسية ونقل المعلومات بمجرد أن تكتبها، فأثارت دهشته وأنه ـ في هذا العصر ـ كان إرسال رسالة لا يتم إلا عن طريق الحمام الزاجل أو عن طريق رسول يمتطي جواده ويسافر لأيام وليالي لإيصال رسالة.

وبينما أنا أسرد استطعت في لحظة خاطفة إخفاء هاتفي بين طيات ملابسي دون أن يشعر في لحظة نظر فيها «ابن الشريف» لـ «الوليد» ليخبره بشيء، ثم سألني: أخبرني عن مبنى السجن في المستقبل، ماذا كتبوا عنه؟

فأخبرته أنه سُمي باسم من بناه، ففرح فرحًا شديدًا، ولكن سرعان ما اختفت تلك الفرحة العارمة من بين عينيه حين قلت: مولاي.. لقد سُمي باسم «قارا» وليس باسمك.

فقال: ماذا؟ ولماذا «قارا»؟ فأنا من بنيته!

قلت: لا.. أنت من أمر ببنائه.. أنت صاحب الفكرة، ولكن من خطط ورسم وأشرف ونفذ كان «قارا»، وتسميته بهذا الاسم جاءت صدفة وليس تعنتًا، فبعد استعمال الاسم أصبح الناس يطلقون عليه بسجن «قارا» لأنه هو من بناه وخصوصًا لوجود أكثر من سجن تم بناؤه في حقبتك الزمنية فكانوا حينما يتحدثون عن السجن يخصصون هذا الاسم ليعرفوا عن أي سجن يتحدثون، وليس إهمالًا لاسمك، ولكن التاريخ يذكر أنك من أصدرت الأمر، وأنك صاحب الفكرة، فلم تنسب لغيرك، وذُكر أيضًا أنه استخدم في بعض الفترات كمكان لتخزين الحبوب والغلال.

سألني مرة أخرى: ألم تتذكر أين الباب السري؟

فقلت: مولاي.. هل عندك شك في أنني لو استطعت التذكر لكنا خارج السجن الآن أنا و «قارا»؟

فنظر لـ «الوليد» وأومأ برأسه ثم قال: أصبت.. أكمل، وهل أصبح السجن حديث المستقبل؟ هل أصبح أسطورة؟

فقلت: نعم. ولكن ليس بالأسطورة الكبرى، تم تسجيله كأكبر سجون العالم وأغربها، ولن يستطيع أحد الدخول لاكتشافه في المستقبل حتى رجعت أنا للماضي، فكل من دخلوه فُقدوا بين دهاليزه ومتاهاته ولكنه ليس بالأسطورة التي تذهل العالم، لأنه تم اكتشاف أشياء كثيرة كانت هي الأسطورةُ الحقيقية على مر التاريخ وستظل كذلك إلى مستقبل بعيد..

فقاطعني قائلًا: لهذه الدرجة! وما تلك الأماكن؟

فقلت: عندما بدأ المنقبون البحث عن المقابر الفرعونية القديمة في «مصر» وعن ملوكها القدامى ومكان دفنهم ومقابرهم وجدوا ما هو أغرب من أن يستطيع أحد تخيله، كحسابات مساحات واتجاه المقابر واقترانها باتجاه الشمس أو بالنجوم أو بأقطاب الأرض، وأيضًا كيفية تحنيط الجثث واحتفاظها بكل معالمها حتى بعد مرور أكثر من أربع أو خمس أو سبعة الآف سنه.

فاتسعت عيناه مما يسمع، وأنا أروي له حتى وصلت لمقبرة الملك «توت عنخ آمون»، وعن انبهار العالم بتلك المقبرة حين تم اكتشافها، وعن كمية الكنوز

الموجودة بداخلها، وأيضًا عن فهمنا لبعض معالم الحضارة الفرعونية حين اكتشفت تلك المقبرة وحتى الساعة فهي حديث العالم بل أسطورة المقابر على مر التاريخ، ورويت له أيضًا عن الهرم الأكبر وعن كيفيه البحث بداخله ومحاولة الوصول لبعض أسراره حتى الآن، وأنه بعد عشرات السنين من البحث والتنقيب بداخل الهرم لم يستطع العلماء رغم تطور أجهزتم وطرق بحثهم أن يصلوا حتى لأقل القليل مما في هذا الهرم من أسرار وخبايا، حتى تذكرت معجزة الاكتشافات التي هزت العالم وقت اكتشافها وتركت تساؤلات كثيرة حتى الساعة ولا يوجد لها أي إجابات إنها «أبيدوس» في مدينة «سوهاج» ومعبد «الأوزريون» وما فيهما من رسومات وشرح البعث من الموت وحساب الموتى والرسومات المنقوشة على جدران تلك المعابد عن التطور في المستقبل، مثل رسومات عن الطائرات المروحية (الهليكوبتر) أو الغواصات أو أشياء حديثة منقوشة على الجدران وتركت في أذهان المكتشفين والباحثين الكثير من التساؤلات، هل استطاع قدماء المصريين التقدم لمثل هذه المرحلة لصنع طائرات وغواصات وملابس للغوص تحت الماء منذ أكثر من سبعة الآف سنه؟ وخاصة أن تلك الاختراعات لم تتوصل إليها البشرية إلا حديثًا في المستقبل!

أثار حديثي عن «أبيدوس» و «الأوزريون» فضول المولى بسبب غرابة ما أقص عليه، فكيف لقوم أن يصنعوا مثل هذه الأشياء منذ أكثر من سبعة الآف سنة، وكانت الحياة حينها ما زالت بدائية.

قلت: هذا ما أثار فضول العلماء والمستكشفين، إنه أغرب ما تم اكتشافه حتى الآن، وسعر تذكرة دخوله أغلى سعر لدخول مكان على الكرة الأرضية، إنه بحق يا مولاي أسطوره الاكتشافات وسيظل هكذا حتى يتمكن الباحثون من فهم أسراره.

بعد أن انتهيت من سرد كل شيء، ولم أجد شيئًا آخر أرويه سألني مرة أخرى: ألم تتذكر مكان الباب السري؟

قلت لا: يا مولاي، ولكن.. لماذا لا تستخدمه لإثاره المساجين بالداخل وجعلهم يفقدون طاقتهم بداخل تلك الدهاليز في البحث عن الباب السري وفي النهاية أنا على يقين أنه ليس هناك من يستطيع العثور عليه.

فقال وقد بدت عليه الإثارة: وكيف؟!

قلت: بأن تخبرهم عن وجود باب سري، وأنه من يستطيع اكتشافه والوصول إليه والخروج منه فإنه حر طليق، وفي هذه الحالة إن اكتشف أحدهم النفق فسوف تعرف بالتأكيد يا مولاي.

أومأ برأسه ناظرًا لـ «الوليد» نظرة موافقه على الفكرة، ثم نظر إلي وقال: ألم تشتاق إلى صديقك؟

فقلت: مولاي «ابن الشريف»...

فقال: لالا..... لا تتحدث فالقرار منتهي، ولكن مكافأتي لك عن حديثك معي سوف آمر لك بوجبة دسمة تكفيك لأيام قبل أن تذهب لاكتشاف مصيرك بيدك.. أتمنى أن ينفعك البرق، وتنفعك قصتك في الخروج من سجني، فلم أنطق بكلمة، وذهبت مع «الوليد».

وبالفعل تناولت وجبة دسمة، وبعد أن انتهيت أخذني «الوليد» بنفسه وألقى بي من إحدى فتحات السجن الموجودة بالأعلى، وكانت بالقرب من القبة الإسماعيلية، حينها أخذت نظرة خاطفة على تفاصيل المكان وخاصة أن «الوليد» لم يعصب عيني ولا أعلم إن كان متعمدًا أم أنه نسي أن يعصبها حينها وسألته حينها: لماذا لا ندخل من الباب؟ إن قدماي لا تتحملان قفزة أخرى.

ضحك وقال: تم إغلاق الباب بباب حجري بأمر من «المولى إسماعيل».. والآن.. هيا أيها الثرثار.

وحينما ألقيت من الفتحة. وجدت نفسي في نفس مكان الذي ألقاني فيه أول مرة، لأني وجدت «قارا» ما زال جالسًا في مكانه يملؤوه الرعب، فعلمت أنه نفس المكان.

حينما رآني «قارا» وقف سعيدًا فرحًا لعودتي وقال: ظننت أنه سيطلق سراحك مكافأة لك، وكادت الوحدة تقتلني.

فقلت: لا تقلق يا صديقي إن «ابن الشريف» يريدنا جميعًا موتى، ولن يطلق سراح أحد.

الفصل الثامن

العودة للحرية

بعد أن ألقيت داخل السجن مرة أخرى لم ينتابني شعور الخوف بل كان بداخلي شيء ما يحثني أن أذهب للبحث عن الباب السري وأن أتمسك بالبحث عنه وأن أجده، وأنني سأفعلها، ولكن أسئلة «قارا» كانت تقطع حبل أفكاري، كان يريدني أن أروي له كل ما حدث مع «المولى إسماعيل» فجلست أمامه و بدأت أروي مرة أخرى ما رويته بالكامل عن المستقبل والحروب والأوبئة وما سيصيب العالم في المستقبل، و كان «قارا» متشوقًا لسماع أية معلومات عن التقدم التكنلوجي في المستقبل، فحدثته عن السيارات والطائرات، وأننا قد غزونا الفضاء الخارجي، وأننا لم نكتفي بالأرض بل ذهبنا خارج الكوكب لمعرفة هل نحن وحدنا في هذا الكون أم أن هناك خلقًا آخر يشبهنا، حدثته عن القطارات والثورة الصناعية من أي نقطة بدأت وإلى أين وصلت.

كان يسمع بآذان صاغية، ويسأل عن تفاصيل دقيقة جدًا عن كل اختراع، من الذي اخترعه؟ وفي أي بلد؟ وعن تفاصيل الاختراع ذاته، فابتسمت وسألت: لماذا تسأل عن كل هذه التفاصيل.. وأنت هنا معي مسلوب الحرية ولا تستطيع فعل شيء، ولن تفيدك المعلومات؟

فقال: أنا أسألك لأعلم بسير الأمور، فأنا دائمًا كنت أسأل نفسي عن تقدم الإنسان منذ بدء الخليقة والحضارات القديمة والعلوم التي وصلنا إليها وأتشوق دائمًا لمعرفة أي تقدم في العالم الذي نعيش فيه، كنت أتخيل بعض الاختراعات التي أخبرتني عنها، ولكن كان تفكيري دون جدوى.

فسألته: ولماذا دون جدوى؟

فقال: مثلًا.. إذا كان لدينا ذلك الاختراع الذي معك حينما أسرنا ـ ويقصد الهاتف النقال ـ لكنا أرسلنا رسالة سريعة لبلادنا حتى يجهزون جيشًا لتحريرنا، ولكني كنتُ أسأل نفسي كيف لنا أن نخبرهم بأقصى سرعة، وأنا لا أجد الوسيلة، وحينما جئنا سيرًا برًا وبحرًا لتلك الحرب كانت تلك المسافة تحسب بالأيام وأحيانا بالشهور وكنت أسأل نفسي حينها ألا توجد وسيلة لتنقلنا إلى هنا بأسرع من هذا؟

وفي هذه اللحظة سمعنا صرخات الأسرى مرة أخرى، كان صدى صرخاتهم يعلو في أذاننا شيئًا فشيئًا، وحاولنا النظر بين الدهاليز والطرقات، كنا نسير للبحث

بخطى محسوبة بين الاتجاهات فلم نجد شيئًا، كنا فقط نسمع الصراخات ولا نرى شيئًا، فعدنا أدراجنا مرة أخرى إلى نفس المكان وهنا قلتُ لـ «قارا»: اسمع.. إذا قلت لك أين نحن الآن.. أتستطيع أن تخبرني كيف نكمل؟

فقال: وكيف يكون ذلك؟

قلت له: جاء بي «الوليد» ـ هذه المرة ـ دون عصابة على عيني، فرأيت تفاصيل المكان المحيط بالفتحة التي أُلقيتُ منها.

فقال: أتستطيع التذكر بدقة وأن تحسب المسافات بين الأشياء حتى هنا؟

قلت: سأحاول فأنا أستطيع حساب الأشياء تقديريًا، وإذا نقصت بعض الحسابات البسيطة في الأمتار فلن يضر، فقط سنصل لنقطة نستطيع من خلالها أن نحسب مرة أخرى ونعرف أين نحن.

فقال: ليس الأمر سهلًا، إن لم تكن الحساب دقيقة فلن نستطيع الوصول أبدًا.

قلت: سأحاول.

سألني: وكيف ستستطيع رسم تلك الخريطة وليس معنا أوراق ـ أيها الذكي ـ لترسم عليها، وإن رسمتها فوق الأرض سنحتاج أن نأخذها معنا بعد أن نبدأ السير.

فضحكتك وسخرت منه: أيها الذكي.. لا تسبق الأحداث.

وأخرجت هاتفي النقال من جيبي، ودخلت لبرنامج الذاكرة الذي كنت أدون عليه المعلومات التي كنت أجمعها عن السجن في المستقبل، ووجدت عندي صورة للفناء الخارجي والقبة الإسماعيلية، فشاهدها «قارا» وأشرت له عن الفتحة التي تعلونا وقلت: نحن هنا.

فنظر إليَّ بدهشة وذهول وقال: من أين أتيت بهذه ومن استطاع أن يرسمها بهذه الدقة العالية، إنها تبدو حقيقية.

فضحكت ساخرًا من كلماته وقلت: إنه التقدم يا عزيزي فهذه الصورة التُقطَت بكاميرا عالية الجودة، وسُجلت على الإنترنت في مواقع عديدة لتوثيق المكان بالصور، وليكون مرجعًا لكل باحث يريد أن يعرف أي معلومة تخص السجن.

فتعجب وقال: عجبًا للإنسان الذي خلقه الله، فقد استطاع فعلًا أن يتطور ويصنع ما يصير به الكون تحت قدميه، وما كان منه إلا أن يستخدم كل ذلك في إفناء العالم وتدميره كما حدثتني.

ثم سأل: أنا الآن أستطيع أن أحدد اتجاه سيرنا إن أخبرتني عن المسافات مثلاً هذه القبة.. أين يكون اتجاهها من موقعنا؟ وكم تبعد مسافتها من هنا؟

ففتحت برنامج هندسي ـ كنت أستخدمه لرسم بعض الديكورات للغرف في وقت فراغي ـ ثم وضعت تلك الصورة بداخله لتحويل تلك المسافة من صيغة السنتيمترات إلى الأمتار، وبالفعل فعلها، ونظرت إلى «قارا» وقلت: والآن معنا

المسافات التقديرية بنسبة تسعة وتسعين بالمائة، ونحن الآن في ذلك الاتجاه من القبة، وأشرت إلى اليمين قليلًا بزاوية خمسة وأربعين درجة.

فقال: هل أنت متأكد من اتجاه القبة؟

فقلت نعم.. لأن «الوليد» قبل أن يلقيني نظرت إلى اتجاه القبة الإسماعيلية ووجدته مقابل ذلك الركن مباشرة، وكان الركن عبارة عن زاوية من زوايا الفتحة التي ألقيت منها.

فقال: لا أدري إن كنتَ ذكيًا فعلًا.. أم أنك محظوظ.

فقلت: لا محظوظ ولا ذكي، أنا إنسان طبيعي ولكني لم أفقد الأمل في الوصول إلى ما أريد في الحياة، وخاصة أن حياتنا مليئة بالصعاب، وإن لم تتمسك بقوة صبرك وإيمانك بالله والقَدَر ستفقد نفسك بين طيات السنين، وستعيش دون هدف حتى يصيبك الجنون من كثرة المتاعب أو تلقى حتفك.

ونظرت إليه وقلت: هل لنا أن نتحدث بينما نحن نسير للخروج؟ أم سنبقى بقية حياتنا هنا نتحدث عن الحياة ومتاعبها؟

قال: لا.. لالا.. هيا بنا الآن أعطني ذلك الجهاز.

فأعطيته الهاتف النقال وبدأ يتمعن النظر في حساب الأمتار والاتجاهات وأنا اشرح له كل المكتوب على شاشة الهاتف، ثم حدد اتجاه سيرنا وقال: من هنا.. هيا بنا.

وبدأنا فعلًا السير.. وما هي إلا بضع دقائق ونحن نخترق الدهاليز والممرات يمينًا ويسارًا حتى وصلت أنا للطريق وأيقنت أننا في الطريق الصحيح، فقد وجدت علامتي، وهنا أوقفت «قارا» صارخًا: سنخرج يا «قارا».. إنه الاتجاه الصحيح.. إنه الاتجاه الصحيح.

فنظر إليَّ مستنكرًا مما أفعل وقال: ماذا يجري؟ وماذا تفعل؟ ولماذا كل هذا الصراخ.

فأشرت إلى إحدى الأعمدة في أحد الممرات وقلت: انظر إلى تلك العلامة.

وكانت رموزًا وأحرف مكتوبة بقطعة من الجير، فقال: وماذا يعني لك؟

فقلت: أنا من كتب تلك الحروف والرموز والأرقام، فقد كنت أسجل كل مسافة أسيرها معك، وقبل تغيير كل اتجاه كنت أكتب كم قطعنا بالخطوات وأرسم سهمًا صغيرًا للاتجاه الجديد.

فنظر إليَّ نظرة لن أنساها أبدًا قائلًا: لا أعرف من تكون؟ وماذا عن العقل الذي أمامي؟ وكيف لك أن تفكر بهذه الطريقة؟كيف فعلت هذا في وجود الحرس؟

فقلت: كنت أسجله لـ «ابن الشريف» ليعرف بها اتجاهات السجن والمسافة المقطوعة إلى أن يصل للباب، وكان «الوليد» قد أعطى أمرًا للحارس أن يتركني

أفعل ما أريد، وفي رحلة عودتنا لنقطة البداية كان الحظ حليفنا، لو تتذكر أننا فقدنا الحارس بينما نحن نسير بين الدهاليز وضاع منا في المتاهة فلم تصل أي معلومة لـ «الوليد» أو «المولى إسماعيل»، ولن يستطيع أحد أن يفهم الرموز إن رآها، فدعني أنا أتولى الطريق من هنا.

وبالفعل.. توليتُ قيادة المسيرة المتبقية، ولم نكن نبعد عن بداية السجن كثيرًا بل كنا لا نزال على مقربة من الباب، وواصلنا السير أثناء قراءتي للإشارات والاتجاهات المسجلة عل بعض جدران السجن وداخل الدهاليز والطرقات المرعبة التي تم تصميمها على شكل متاهة كبيرة جدًا، لذلك من يدخل إليها لن يستطيع الخروج، وأخيرًا اقتربنا من نهاية المطاف.

سألني «قارا» سؤالًا هامًا ـ واستوقفني ذلك السؤال ـ فقال: وكيف يعمل هذا الهاتف؟ إنه مثل الإنسان.. كيف يفكر؟ وكيف يعطيك كل هذه المعلومات؟

فبدأت أشرح له وظائف الهاتف وكيف يتم شحنه بالكهرباء عند انتهاء البطارية، ونظرت إلى شاشة الهاتف لأشير له إلى منسوب البطارية فوجدت أنها مشحونة بالكامل، وأن التاريخ المكتوب هو نفس تاريخ اختفائي في المستقبل، فلم يتغير شيء في الهاتف.

أخذني التفكير في هذا الأمر ولكن دون جدوى فلم أستطيع الوصول للسبب، والأهم من ذلك أن جميع الصور الملتقطة في رحلتي ما زالت موجودة وكل ما كتبت ما زال موجودًا أيضًا وهذا هو ما يهمني.

وصلنا بالفعل لمكان الباب متبعين الإشارات المكتوبة على أعمدة السجن، وهنا سألت «قارا»: والآن.. كيف لنا أن نفتح هذا الباب؟ أنت ذكرت من قبل أننا نحتاج لفأس قوي حتى نستطيع تكسير ما تبقى من الجدار.

فضحك وأخذ يحفر في ركن بجوار الحائط تحت الرمال، ثم استخرج فأسًا كان قد خبأها من قبل، وكان «قارا» قد حدد مكان الباب والنقاط التي يجب تكسيرها، فأشار لي قائلًا: سنضرب هنا بقوة.. وهنا.. وهنا.

كان يشير إلى النقاط الضعيفة التي حددها، أمسكت أنا بالفأس وبدأت أضرب تلك النقاط بقوة، فما زالت لدي طاقة، وشكرًا لـ «المولى إسماعيل» لأنه أمر بإعطائي وجبة دسمة فهي من أمدتني بالقوة اللازمة لضرب الجدار.

لم يمر كثيرًا من الوقت حتى بدأ الباب في السقوط كقطعة واحدة وتساقطت الرمال على الأرض، ورأيت السماء، لم يكن نور النهار قد سطع بعد، وبدأ سقوط الرمال في أخذ شكل هرمي، فبدأنا الصعود فوق الرمال وكان الصعود صعبًا ومتعبًا ولكنا استطعنا الخروج للهواء الطلق بعد عناء.

كانت نقطة خروجنا تبعد عن القصر بضع مئات الأمتار وهي ليست بالمسافة البعيدة، وعندما نظرت إلى «قارا» وجدت في عينيه نظرات السعادة لنَيله حريته أخيرًا، وقد نسي فجأة الآم الجوع والعطش وشعر بالقوة والطاقة تدب في داخله، فسألته: إلى أين ستذهب؟

فقال: لا تقلق يا صديقي.. فأنا أعلم إلى أين سأذهب، وهنا نفترق.

ولم يخبرني بشيء وشعرت أنه خائف من أن يخبرني عن مقصده خوفًا من أن أشي به إن وقعت في أيدي حراس «المولى إسماعيل»، إلا أن ذلك لم يهمني كثيرًا، والأهم هو أنني أيضًا حر طليق، فسألته عن الاتجاه الذي يجب أن أسلكه لأصل مقصدي، وكنت قد نويت الرجوع للأدارسة من جديد، حتى أروي لهم ما حدث.

سرنا قليلًا نتحدث في الصحراء، حتى يوصلني إلى نقطة انطلاقي وقال لي: لن يصدق أحد كل ما حدث إن رويناه.

فقلت: وماذا عني. إن رويت هذا لأصدقائي في المستقبل إذا عدت فلن يصدقني أحد أبدًا، وسوف يتهموني بالجنون، ففي المستقبل نتعجب من أشياء كثيرة لا يصدقها عقل ولا نجد لها دليل، كالنقوش التي وجدها العلماء على جدران المعبد في «أبيدوس»، فهذه النقوش من أعجب وأغرب ما تم اكتشافه.

وهنا أشار «قارا» للسماء وقال: أترى ذلك النجم؟

فقلت: نعم.

قال: عليك باتباعه وسر نحوه، وإن أشرقت الشمس فسيرك سيكون عكس اتجاهها، ثم ودعني وكانت نقطه فراقنا وتمنى كل منا التوفيق للآخر، وأخذ كل مسلكه.

أكملت طريقي في الصحراء وأنا أفكر في كل ما حدث لي في هذه الأيام القليلة، وفي إطلاق سراح «قارا»، بالفعل كان التاريخ قد سجل أن «قارا» قد أطلق سراحه بعد بناء السجن، وكيف كنت أول من سُجن في ذلك السجن، وكنت و «قارا» أول من ألقي بهم في السجن، وهل كنت أنا السبب في تغيير شيء قد حدث ودونه المؤرخون في المستقبل؟ ولكن بعد أن خرجنا ونال كلا منا حريته وجدت أنني هنا لم أغير شيئًا من الماضي مرة أخرى، وها هو «قارا» حرًا طليقًا يسعى للعودة لدياره.

وأخيرا.. وبعد مسيرة يوم كامل في الصحراء، وصلت حدود «فاس»، وها هم «الأدارسة» أراهم من بعيد، حتى رآني «عبد الله» وجاء إليَّ مهرولًا مناديًا لأخيه، في هذه اللحظة شعرت ببروده فظيعة في جسدي فقد استهلكت كل الطاقة والسكر المخزن في جسدي، ثم سقطت مغشيًا عليَّ قبل أن يصل إليَّ «عبد الله» ببعض الأمتار.

وللمرة الثانية أفتح عيناي لأجد الأشقاء الثلاثة من حولي يحاولون إفاقتي، وحينما فتحت عيناي سألتهم عن أي فاكهة بها نسبة سكر عالية أو بعض من التمر لأن جسدي يحتاج السكر، وأنا جائع جدًا فقال «عبد الله»: الطعام جاهز بالفعل يا أخي وها هو التمر.

أعطاني بعضًا من التمر، وبعد تناولي لبضع تمرات استطعت استعادة الاعتدال والجلوس جيدًا، واستأذنت لدخول الحمام حتى أغتسل فقد كان حالي مزريًا، فأشار إليَّ «مصطفى» بالذهاب، وبعد دقائق قليلة عدت، وكنت قد نظفت ملابسي واغتسلت جيدًا وجلست بينهم والطعام أمامي، وبدأت في تناول بعض من قطع اللحم حتى أستطيع استعادة قواي كاملة، وبدأت أروي لهم كل ما حدث منذ وقت أن تركوني هناك حتى تلك لحظة عودتي.

بعد أن انتهيت من السرد نظر «عبد الله» لأخوته وقال: ألا تظنون أنه من الممكن أن يرسل «المولى إسماعيل» بعض حراسه للبحث عنه هنا؟

فأجابه «مصطفى»: لا.. أنا أستبعد ذلك فسيظنون أنهما قد لقيا حتفهما في متاهة السجن، وهذا أفضل حتى لا يقوموا بالبحث عنهما والزج بهما في السجن من جديد.

وهنا سألني «مصطفى»: وماذا الآن يا أخي.. ماذا تريد أن تفعل؟ وأين ستذهب؟

فقلت لا أدري أنا أفكر في العودة لمصر.. وأن أحاول استكشاف من هم عائلتي في هذا العصر.. ومن هم أجدادي.. فلا أدري حتى الآن كيف أعود للمستقبل.

فقال: لا تفكر كثيرًا، واتركها للمولى وهو من يدبر أمرك.

فقلت: إن شاء الله.

كان النهار في نهايته والشمس قد غربت، وجاء الليل، والنجوم تزخرف السماء، فتركوني أستريح بعض الوقت، وقال «محمد»: بعد قليل ستجدنا أمام المنزل جميعًا مع أبناء العمومة نتحدث في بعض أمورنا، ونتناول النعناع الساخن فالجو بارد بعض الشيء، فإن أحببت الانضمام إلينا.

قلت: نعم سأنضم إليكم.

ذهبوا وتركوني في حيرتي أفكر ماذا سأفعل وكيف لي أن أعود للمستقبل، وإن عدت إلى «مصر» وبحثت عن أجدادي.. هل سيصدقون ما سأرويه لهم؟ لا أعلم

كاد التفكير أن يقتلني وأنا أفكر في «المولى إسماعيل»، وكل ما رأيته في قصره، وغروره، ورغبته في أن يترك بصمة في الزمن يتذكره بها الناس، فكل ما يشغل تفكيره هو تخليد اسمه، وكيف أنه غضب حين أخبرته أن السجن سُمي باسم

«قارا»، وكيف كانت تبدو معالم وجهه وانطباعاته حينما أخبرته عن الحضارة المصرية القديمة، وعن «أبيدوس» و «الأوزريون»، ولا أدري لماذا يسيطر هذا المكان على تفكيري؟ هل لأني درست في «سوهاج» في الجامعة ولي فيها أصدقاء كثيرين؟ أم لأن «أبيدوس» و «الأوزريون» هما أسطورة يتباهى بها كل مصري عندما يخبر عنها الناس، فهم لا يعلمون كم كان أجدادنا عظماء.

وهنا سمعت صوت الرجال يتعالى بالخارج ففهمت كلمة «محمد» حينما قال: ستعلم بوجودنا بنفسك.

خرجت للجلوس معهم وهم يتحدثون في مشاكل قبيلتهم، ما أجمل الترابط بينهم، فنحن في المستقبل يختفي فيما بيننا حتى الترابط الأسري، وهنا شعرت بانقباض في صدري واختنقت بعض الشيء، فاستأذنتهم لأسير قليلًا في الهواء الطلق، وأن أذهب لأسير في الصحراء قليلًا حتى أستنشق بعض الهواء النقي وأعود إليهم.

وللمرة الثالثة ملأت الغيوم السماء، وحجبت النجوم والقمر، وبدأ هطول الأمطار، والسماء تقصف بكل قوتها، والبرق والرعد يرعب الجميع، وأنا في طريق عودتي إليهم فكرت أن هذا البرق يمكن أن يعيدني إن نظرت إليه، فأنا أظن أن رحلتي هنا قد انتهت، وأنني وجدت الإجابة على جميع أسئلتي من قبل، ولم يعد لي حاجة بالوجود في الماضي.

وبالفعل نظرت للسماء وأمعنت النظر للبرق، ومن شدة الإضاءة أغلقت عيناي بقوة، وحينما فتحت عيناي بعدها لم أجد شيئًا قد تغير من حولي فأنا ما زلت في الصحراء، ولكن المطر قد توقف، إلا أن اليأس الذي أصابني جعلني أسقط على ركبتي فوق رمال الصحراء، ومن شدة يأسي أريد أن أطلق صرخة، ولكني لم أفعل حتى لا يسمعها مَن حولي من القبيلة.

القبيلة ؟؟!!!!؟

ماذا يحدث؟! فقد نظرت من حولي فلم أجد أي قبيلة، ولا أي شيء فأنا في الصحراء وحدي، ماذا يحدث؟؟

ووقفت على قدماي أنظر من حولي في كل الاتجاهات فكلها صحراء على مرمى بصري، ولا أجد شيئًا.. ماذا يعني هذا؟ إني قد انتقلت مرة أخرى وسافرت عبر الزمن، ولكن.. إلى أين؟ ومع من؟ ومن سأقابل هذه المرة؟ فظننت أنني سافرت إلى...،إلى......، إلى أين؟ وفي أي عام نحن هذه المرة؟

وخرجت بالفعل تلك الصرخة المكبوتة التي سمعت صداها يتردد عشرات المرات في الصحراء الخالية.

الفصل التاسع

هذا لا يبدو مبشرًا
إنها عباده الآلهة

بعد أن ضاق بي الحال، وأنا ما زلت أقف مكاني منذ وقت طويل أصرخ واسمع صدى صرخاتي، ولا أعلم لِمَ لَم أعد لِزمني وحياتي، فقررت أن أسير وأن أتمسك بالأمل أنني فعلًا في المستقبل، لعلني عدت لمكان ما في الصحراء ويلزم الأمر مني أن أسير خروجًا من هنا، وأن أحاول الانتقال والوصول لمكاني والعودة لحياتي.

سرت لعدة ساعات وأنا لا أرى إلا صحراء قاحلة، حتى بدأ اليأس يتسلل داخلي شيئًا فشيئا، وبعد أن تمكن اليأس مني كليًا وجدت فجأة على مرمى البصر جبلين كبيرين وبينهما ما يبدو أنه ممر، فاتجهت نحو الممر مباشرة وعندما عبرت الممر وجدت شيئًا ما أشبه ببناء صخري، فبدأ الأمل يعود من جديد، ولكن بينما كنت اقترب شيئًا فشيئًا كنت أرى ما يشبه زحام بشري يتحرك في هذا البناء، ولم أكن أدري أن سعادتي برؤيتهم لإنقاذي ستتحول لصاعقة ومفاجأة لم تكن أبدًا في الحسبان، لأني عندما اقتربت أكثر وجدت رجالًا ذوي بنية جسدية قوية، أجسادهم متناسقة العضلات، وتبدو عليهم علامات القوة، بدا ذلك واضحًا لأنهم لا يرتدون شيئًا على أجسادهم، إلا قطعًا بسيطة من القماش المصنوع من الكتان أو بعض أنواع الجلود.

إنهم قدماء المصريين، نعم.. نعم... نعم.. أنا في عصر المصريين القدماء.

كانوا يعملون بهمة ونشاط داخل مبنى صخري، ورأيت بعض المنحدرات الرملية التي تحيطها الأخشاب من الخارج للحفاظ على متانتها عند سحب الأحجار عليها.

وهنا رآني أحدهم حينما أصبحت المسافة بيني وبينهم بعض الأمتار، فسقطت من التعب والعطش، فنادى الرجل على كبيرهم وكان على ما أعتقد هو المشرف عليهم، ورأيت أحدهم يأتي إليَّ مهرولًا، وحملني فوق كتفيه وسار بي حتى فناء ذلك المبنى، وكان من أجمل ما رأيت في حياتي، تنسيق بنائه والخضرة الكثيفة في الفناء مع أن المبنى في وسط الصحراء.

جاؤوا إليَّ ببعض الماء حتى أرتوي، ولكن سقاني أحدهم بيده فقط بعض القطرات، ولم يعطني القربة في يدي مع محاولتي نزعها من بين يديه، لكني فهمت

لماذا أراد فعل هذا، حتى لا أشرب ماءً كثيرًا بعد عطش الصحراء فأُصاب باختلال في مستويات الصوديوم في الدم ومن الجائز أن يؤدي ذلك إلى وفاتي.

ثم تركني وذهب، وأنا أتأمل جمال وروعة المبنى أو المعبد، كما رأينا تلك الأبنية في المستقبل، ولكن.. في أي عام أنا؟ ومن هؤلاء؟

هنا جاء شخص آخر، لكنه يرتدي ملابس منسقة مختلفة المظهر عن ملابس الآخرين، فقد كان يرتدي ملابس فرعونية كما رأيناها وتخيلناها بعد اكتشاف آثارهم ونقوشهم وتسجيل حياتهم على جدران معابدهم، اقترب مني وهو يحمل بعض الطعام وقال: ((أُونم)).

ولا أدري لماذا فهمت المعنى مباشرة؟ ـ فمعناها في الهيروغليفية تناول طعامك ـ وأخذته منه بعد أن ساعدني على الوقوف وأخذني للجلوس على كرسي مصنوع من جريد النخل وبعض الجلود، فشكرته على ذلك باللغة الهيروغليفية أيضًا.. ولكن لماذا أتحدث الهيروغليفية؟ ومتى تعلمتها؟ لا أدري.. فأنا أشعر أنني أتقن اللغة تمامًا.

ونظر إليَّ ذلك القائد أو المشرف وقال: من أنت؟ ومن تكون؟

فسألته: أين أنا؟ ومن تكون أنت؟ وفي أي عام نحن؟ فقال أنت في «اب ب ـ دجو» ففهمت أنني في أول عاصمة لمصر القديمة، وهي «أبيدوس».

ثم قال نحن في فصل: «بيريت» ـ وهو موسم الزراعة عند الفراعنة، وكانت السنة مقسمة لأربع فصول عندهم، وقال: نحن في مقبرة الملك «من ماعت رع» ـ «سيتي الأول» ـ وهذه الجبانة ـ أو المدفن ـ الخاص به.

فهمت مباشرة أنني عدت لعصر الأسرة التاسعة عشر وأن هذه المقبرة هي معبد «الأوزريون» ـ وهو المعبد المخصص لعباده الإله «أوزوريس» أو كما سوف يعتقد البعض في المستقبل أن «أوزوريس» هو نبي الله «إدريس».

نظرت له وابتسمت وقلت: إذاً أنتم الفراعنة، فتعجب من الكلمة وقال: الفراعنة؟! ومن هم الفراعنة؟

فقلت: المصريين القدماء الذين سكنوا «مصر» فهذا ما يطلق عليهم في المستقبل.

فقال: وما هي «مصر»؟ وأين تقع؟ نحن لسنا قدماء، ونحن هنا في «ابدو» ـ أي «أبيدوس»، عاصمة النيل.

ثم قال: ومن تكون أنت؟

قلت: اسمي «تامر».. وأنا آت من المستقبل.

فنظر إليَّ وابتسم فرحًا: أنت بعثت من الموت؟ وأين دفنت وما هذه الملابس الغريبة؟

لقد اعتقد أنني بعثت من الموت كما كانوا يعتقدون في قصه البعث والخلود.

فقلت: نعم أنا بعثت من الموت.

فقال: وإلى أي أسرة تنتمي؟ ومتى دفنت؟ وأين جبانتك؟

فابتسمت وقلت: أنا دفنت بعد اليوم بثلاثة الآف ومائتي عام وكان العام في ذلك الوقت ثلاثة عشر شهراً، وقد قمت بعملية حسابية بسيطة وقسمت الخمسة الآف عام على الثلاثة عشر شهراً لأحسب كم عاما بحساباتهم.

فقال: بقيت ميتًا ثلاثة آلاف ومائتي عام حتى تبعث؟

فقلت: لا أنا بعثت في الماضي، ولم استمر في الموت تلك الأعوام.

نظرت إلى المعبد المحيط وقلت له: بعثت حتى أرى جمال هذا البناء وأعرف قصته، وكيف تحول فيما بعد لعبادة «أوزوريس».

فضحك الرجل مما قلت وقال: بالفعل هي كذلك الآن.

فقلت للرجل: إنني بعثت من موتي هنا حتى أروي لكم ماذا سيحدث مستقبلًا.. وأن أرى ماذا فعلتم في هذا العصر. وبنائكم هذا الذي سيخلد على مر الزمان ويكون أسطورة مدوية حول العالم فيما بعد.

قال: اسمع.. تناول طعامك وشرابك، واسترح بعض الوقت حتى تُقابل كبير المهندسين ثم كبير الكهنة.

تركني وذهب حتى أستريح بعض الوقت وحتى يأتي كبير المهندسين، وظللت أنا في مكاني أتأمل جمال وروعة البناء والنظام الدقيق في كل شيء من حولي، ومن عمال ومشرفين وبنائين، إنهم يستحقون فعلًا ما كتبه التاريخ عنهم، وإنه لشرف كبير لنا أن يكون هؤلاء أجدادنا.

جلست أفكر فيما سأقول لكبير الكهنة أو كبير المهندسين عند لقائهم وعن مدى سعادتي بهم التي قتلت خوفي من هؤلاء الفراعنة فقد ظننت في البداية أنني ميت لا محالة وأنهم سوف يقتلوني، ولكني فوجئت بقوم في غاية الرقي والاحترام، وقد كنت أظن أنهم لا يعرفون شيئًا عن هذه العادات، ولكني كنت مخطئًا.

الفصل العاشر

الخاتمة

كانت رحلتي للخلف عبر الزمن لاكتسب بعضًا من خبرات الحياة، ولأعلم أن القدر والمكتوب لا يمكن لأحد أن يغيره، فما حدث لابد حادث وترتب عليه الكثير من النتائج، منها الصائب ومنها الخاطئ، فعندما حاولت إقناع نفسي في الماضي أن أغير سلوكي وبعض قرارات حياتي وقوبلت بالرفض وقتها فكرت أنني استطعت بالفعل أن أقنع نفسي بتغيير الماضي حتى يتغير المستقبل وإلا فكيف كان لي أن أرزق أطفالي، وأن أكتسب خبرات حياتي، وهذا ما كتبه الخالق في اللوح المحفوظ، وإن كان من الممكن تغيير الماضي لكان ربنا عز وجل فعل هذا مع الأنبياء وأرسلهم بين الأزمنة لتغير سلوك البشر وإقناعهم أن الله واحد أحد، ولكن الله تركنا لما هو مكتوب، لحكمة يعلمها، وكل منا مخير، إما أن نؤمن بالله ورسله أو نكفر.

فليس لأحد أن يغير الماضي.

بسم الله الرحمن الرحيم
إِنَّ ٱللَّهَ بَٰلِغُ أَمْرِهِ ۚ قَدْ جَعَلَ ٱللَّهُ لِكُلِّ شَىْءٍ قَدْرًا
صدق الله العظيم
سورة الطلاق ـ الآية 3
تمت بحمد الله

إلى اللقاء في الجزء الثاني
«الأوزريون»
(ومقتل أوزوريس)

الفهرس